Le Cid

PIERRE CORNEILLE

Notes
Niloufar SADIGHI,
agrégée de Lettres modernes,
professeur en collège

Questionnaires et dossier Bibliocollège
Véronique LE QUINTREC,
agrégée de Lettres modernes,
professeur en collège

Crédits photographiques :

p. 4 : Pierre Corneille, gravure d'après une peinture de Charles Le Brun (1619-1690), © Photothèque Hachette. **p. 5 :** Pierre Corneille, portrait gravé par Thomas Woolnoth (1785-1857), © Photothèque Hachette. **p. 8 :** Pierre Corneille, lithographie de Gaston Morel (XIXe s.), © Photothèque Hachette. **pp. 9, 11, 33, 57, 87, 109 :** Collection Wildener, Courtesy National Gallery of Art, Washington. **pp. 23, 32, 63 :** © Photothèque Hachette. **p. 67 :** Collection Jules Blache, 1949, © The Met Fifth Avenue. **p. 68 :** © Victor/ArtComPress via Leemage. **pp. 74, 78 :** © Photothèque Hachette. **p. 97 :** © Everett/Bridgeman images. **p. 134 :** © Photothèque Hachette. **p. 145 :** © Victor/ArtComPress via Leemage.

Conception graphique
Couverture : Stéphanie Benoit
Intérieur : GRAPH'in-folio

Édition
Fabrice Pinel

Mise en pages
APS-ie

Dossier du professeur téléchargeable gratuitement sur :
www.enseignants.hachette-education.com

PAPIER À BASE DE FIBRES CERTIFIÉES

hachette s'engage pour l'environnement en réduisant l'empreinte carbone de ses livres. Celle de cet exemplaire est de : 350 g éq. CO_2
Rendez-vous sur www.hachette-durable.fr

ISBN : 978-2-01-713297-4

www.parascolaire.hachette-education.com

Achevé d'imprimer en mars 2022 en Espagne par CPI Black Print
Dépôt légal : Juin 2021 – Édition 03 – 21/7494/6

Sommaire

1 L'auteur

2 *Le Cid* (texte intégral)

3 Dossier Bibliocollège

L'essentiel sur l'auteur

Pierre Corneille est issu d'une famille bourgeoise. D'abord connu pour ses comédies, il triomphe, en 1637, avec sa tragi-comédie *Le Cid*.

Le Cid inaugure le dilemme cornélien, et son succès est tel qu'il provoque une célèbre querelle littéraire qui donne naissance à une définition rigoureuse de la tragédie classique.

PIERRE CORNEILLE
(1606-1684)

Ses contemporains :

- **Molière,** avec lequel il finit par entretenir de très bonnes relations professionnelles à partir de 1667.
- **Jean Racine**, le grand rival de ses dernières tragédies.

Les personnalités clés :

- **Richelieu,** ministre tout-puissant de Louis XIII.
- **Montdory,** considéré comme le plus grand comédien de son temps et interprète fétiche de Corneille.

Biographie

Pierre Corneille
est l'auteur d'une trentaine de pièces de théâtre écrites sur plus d'un demi-siècle. Il est, avec Molière et Racine, l'un des plus grands écrivains du XVIIe siècle, appelé « le Grand Siècle ».

Identité : Pierre Corneille

Naissance : 6 juin 1606, à Rouen

Décès : 1er octobre 1684 (à 78 ans), à Paris

Genres pratiqués : théâtre, poésie

▶ Une vie essentiellement provinciale et familiale

Pierre Corneille naît, en 1606, dans une famille bourgeoise d'avocats. Il est l'aîné de 8 enfants (dont 2 sont morts prématurément). Après une brillante scolarité au collège des Jésuites de Rouen, il fait des études de droit et se destine à être avocat. Son père lui achète, en 1628, deux charges modestes d'avocat du roi. Rien ne semble donc destiner Corneille au théâtre. Pourtant, il en fait le but de sa vie.

▶ La passion du théâtre

Ce goût pour le théâtre se manifeste très vite dans sa vie, peut-être sous l'influence de l'enseignement des jésuites, qui utilisaient ce genre littéraire comme moyen pédagogique. Il se peut aussi qu'il ait été marqué par la fréquentation des nombreuses maisons d'édition de Rouen, spécialisées dans le théâtre. Enfin, la personnalité de Corneille peut être un élément d'explication : il est timide, bredouille en parlant et

Une vie sans histoires

À l'inverse de ses héros, Pierre Corneille mène une vie tranquille. En 1641, il épouse Marie de Lampérière grâce à l'intervention de Richelieu auprès du père de la jeune aristocrate qui refusait ce mariage. Reproduisant le modèle familial, ils ont 7 enfants. Pendant la majeure partie de son existence, même au sommet de sa gloire, il continue à vivre dans sa maison de Rouen, avec son frère Thomas, dramaturge comme lui.

Corneille connaît un amour déçu pour une Rouennaise fortunée, mais qu'il juge à l'origine de son destin d'écrivain : *« J'ai brûlé fort longtemps d'une amour assez grande / Et que jusqu'au tombeau je dois bien estimer, / Puisque ce fut par là que j'appris à rimer [...]. »*

UN AUTEUR DE COMÉDIES

Jusqu'en 1644, Corneille écrit 8 comédies et participe à la rénovation du genre, qui était méprisé pour ses grossièretés et ses outrances. Il gomme les effets comiques trop lourds et accorde une place importante à la peinture des caractères et des mœurs. Il ouvre ainsi la voie aux comédies les plus riches de Molière.

ressemble à un marchand normand ; son théâtre, fait de héros passionnés et déterminés, a peut-être été un moyen d'exprimer l'idéal de grandeur et d'héroïsme qu'il portait en lui sans parvenir à le manifester.

▶ Une passion précoce pour le théâtre

Corneille n'a que 23 ans quand il fait le choix d'écrire pour le théâtre : il confie à une troupe, de passage à Rouen, une comédie, *Mélite* (1625), qui, jouée à Paris (au théâtre du Marais), en 1629, remporte un succès suffisant pour que le jeune avocat se lance pleinement dans la carrière de dramaturge. Après avoir écrit un poème en vers latins, *Excusatio*, en l'honneur du roi Louis XIII, de la reine et du cardinal de Richelieu, il devient le protégé de ce dernier, passionné de théâtre et qui souhaite utiliser ce genre pour célébrer le pouvoir royal : il reçoit une pension.

▶ La révélation du *Cid* (1637)

Ses comédies, où Corneille s'intéresse à l'amour, ses plaisirs et ses drames, ont préparé la tragi-comédie du *Cid* qui frappe comme un coup de tonnerre le ciel théâtral de l'époque. La pièce est représentée à Paris, où elle connaît un triomphe inédit. Toute la capitale ne parle plus que du cas de conscience des jeunes héros. La pièce devient immédiatement légendaire, et Corneille un maître qui éclipse tous ses concurrents.

Cependant, un tel succès entraîne des jalousies : on lui reproche, d'une part, d'avoir copié sans invention *Les Enfances du Cid* de l'auteur espagnol Guillén de Castro dont il s'est inspiré et, d'autre part, de ne pas avoir respecté les règles classiques qui sont en train de s'imposer au théâtre. Mais Corneille aime le mélange des genres qui caractérise la tragi-comédie et écrira 8 pièces du même registre, certaines avec une mise en scène très complexe. Pour l'heure, ce que l'on appelle

« la querelle du *Cid* » (voir p. 140), violente et qui dure jusqu'en décembre 1838, pousse Corneille à se retirer et à ne plus proposer de pièce pendant trois ans.

▶ L'heure de la tragédie

La tragédie, avec ses règles strictes (voir p. 142), s'impose comme un modèle, et Corneille doit s'y plier. C'est donc avec l'une d'elles, *Horace*, qu'il renoue avec la scène en 1640. En tout, il écrira 17 tragédies, dont *Cinna* (1641), *Polyeucte* (1642) et *La Mort de Pompée* (1643). Ces premières tragédies, ainsi qu'une comédie, *Le Menteur* (1643), lui permettent de retrouver l'approbation de ses pairs.
En 1642, Richelieu meurt, mais son successeur, Mazarin, continue de verser une pension à Corneille. Louis XIII décède l'année suivante ; Louis XIV lui succède.
Très inventif, Corneille continue de livrer un ensemble tragique diversifié : action dramatique simple ou complexe, personnages maîtres ou victimes impuissantes de leur destin, contexte antique ou barbare – ce qui lui permet d'exploiter les effets de la cruauté et de la terreur.

▶ Gloire et obstacles

Dans les années 1640, Corneille est au sommet de sa gloire et multiplie les succès. Consécration suprême, il est élu à l'Académie française en 1647. Pourtant, des ombres se profilent : sa tragédie *Théodore* connaît un échec en 1645 ; la Fronde éclate en 1648 et retarde les représentations de plusieurs pièces ; enfin, en 1651, *Nicomède* remporte un grand succès, mais le pouvoir y voit un écho à la Fronde et un éloge des princes révoltés contre la couronne. L'auteur entre en disgrâce, perd sa pension et garde le silence pendant sept ans.

LE DILEMME CORNÉLIEN

Dans les tragédies et tragi-comédies de Corneille, le héros est confronté à un choix impossible à faire.

L'HONNEUR

Le sens de l'honneur est une valeur essentielle pour le héros cornélien qui s'efforce d'être en accord avec son idéal et l'image positive qu'il a de lui-même.

LA FRONDE

Ce terme désigne les graves troubles politiques qui, de 1648 à 1653, ont menacé la régence d'Anne d'Autriche (Louis XIV étant alors trop jeune pour régner) et le gouvernement de Mazarin. La Fronde fut d'abord l'œuvre du Parlement, puis des princes (Condé, Conti…) qui tentèrent, en vain, de renverser le pouvoir royal.

▸ LE SENS DES ATTENTES DU PUBLIC

C'est l'une des grandes qualités de Corneille qui a eu l'intuition de ce qui allait plaire.

▸ LE SENS DE LA FORMULE

Corneille a aussi le sens des formules frappantes, restées célèbres : *« À vaincre sans péril, on triomphe sans gloire »* (*Le Cid*, II, 2).

▸ UNE GRANDE PRODUCTIVITÉ

Corneille a écrit plus de 30 pièces, se renouvelant souvent :
– *La Place royale* (1634) ;
– *L'Illusion comique* (1636) ;
– *Le Cid* (1637) ;
– *Horace* (1640) ;
– *Cinna* (1641) ;
– *Polyeucte* (1642) ;
– *Rodogune* (1644) ;
– *Nicomède* (1651) ;
– *Œdipe* (1659) ;
– *Sertorius* (1662) ;
– *Suréna* (1674).

▸ Un retour triomphal… avant de nouvelles ombres

Encouragé par Fouquet, mécène influent et fortuné, Corneille reprend la plume en 1658. Il s'installe à Paris et donne plusieurs pièces (dont *Œdipe* en 1659 et *Othon* en 1664). La reconnaissance est totale. On le surnomme « le Prince des auteurs de théâtre ».

Mais, avec l'emprisonnement de Fouquet en 1661, Corneille perd un généreux protecteur, même si Louis XIV en personne pensionne le dramaturge à partir de 1663. Et, surtout, un jeune auteur fait son apparition : Jean Racine (1639-1699), qui va bientôt régner sur la scène théâtrale. La simplicité de ses tragédies fait passer de mode celles de Corneille, et, en 1670, s'affrontant sur le même sujet des amours contrariées de Titus et Bérénice, le dramaturge vieillissant est humilié par le succès de la pièce *Bérénice* de son jeune rival.

Néanmoins, Corneille ne prend une retraite définitive qu'en 1674. Il meurt dix ans plus tard, à l'âge de 78 ans.

CORNEILLE vu par…

JEAN RACINE

« À dire le vrai, où trouvera-t-on un poète qui ait possédé à la fois tant de grands talents, tant d'excellentes parties ? L'art, la force, le jugement, l'esprit ! […] Quelle véhémence dans les passions ! quelle gravité dans les sentiments ! »

VOLTAIRE

« Comment a-t-on pu préférer à un homme tel que Racine un rabâcheur d'un si mauvais goût, qui […] est toujours ou trivial ou hors de la nature ? »

PIERRE CORNEILLE

Le Cid

Tragi-comédie

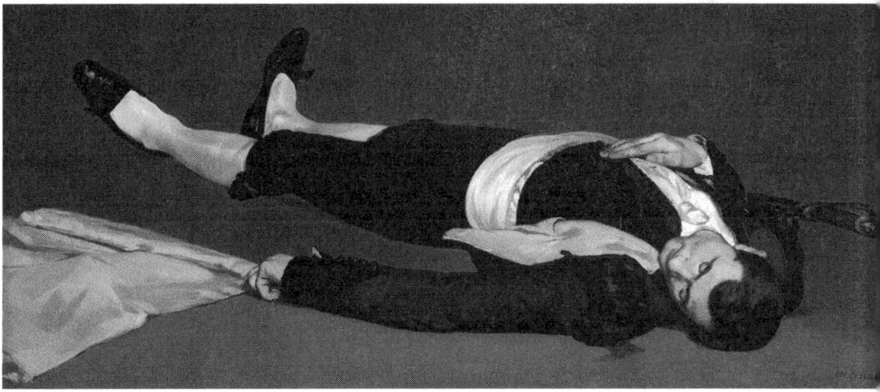

L'Homme mort (vers 1864) d'Édouard Manet (huile sur toile).

DON[1] FERNAND, premier roi de Castille (Ferdinand Ier le Grand, mort en 1065).
DOÑA URRAQUE, Infante de Castille, fille de Don Fernand.
DON DIÈGUE, père de Don Rodrigue.
DON GOMÈS, comte de Gormas, père de Chimène.
DON RODRIGUE, amant de Chimène (Ruy Diaz de Bivar).
DON SANCHE, amoureux de Chimène.
DON ARIAS, DON ALONSE : gentilshommes castillans.
CHIMÈNE, fille de Don Gomès.
LÉONOR, gouvernante de l'Infante.
ELVIRE, gouvernante de Chimène.
Un page de l'Infante.

La scène est à Séville : « Tout s'y passe donc dans Séville, et garde ainsi quelque espèce d'unité de lieu en général ; mais le lieu particulier change de scène en scène, et tantôt c'est le palais du Roi, tantôt l'appartement de l'Infante, tantôt la maison de Chimène, et tantôt une rue ou place publique » (Corneille, *Examen de la pièce*, 1660).

Note

1. **Don** : titre de noblesse en Espagne (*doña* au féminin).

Acte I

SCÈNE 1

CHIMÈNE, ELVIRE

CHIMÈNE

Elvire, m'as-tu fait un rapport bien sincère ?
Ne déguises-tu[1] rien de ce qu'a dit mon père ?

ELVIRE

Tous mes sens à moi-même[2] en sont encor[3] charmés :
Il estime Rodrigue autant que vous l'aimez,
Et si je ne m'abuse à lire[4] dans son âme,
Il vous commandera de répondre à sa flamme[5].

CHIMÈNE

Dis-moi donc, je te prie, une seconde fois
Ce qui te fait juger qu'il approuve mon choix :
Apprends-moi de nouveau quel espoir j'en dois prendre ;
Un si charmant discours ne se peut trop entendre ;
Tu ne peux trop promettre aux feux[6] de notre amour
La douce liberté de se montrer au jour.

Notes

1. **Ne déguises-tu** : ne caches-tu.
2. **à moi-même** : en moi-même.
3. **encor** : en poésie, *encore* peut s'écrire sans -*e* final.
4. **à lire** : en lisant.
5. **flamme** : amour, passion amoureuse.
6. **feux** : même image que pour *flamme*, ardeur de l'amour.

Que t'a-t-il répondu sur la secrète brigue[1]
Que font auprès de toi don Sanche et don Rodrigue ?[2]
N'as-tu point trop fait voir quelle inégalité
Entre ces deux amants[3] me penche d'un côté[4] ?

ELVIRE

Non ; j'ai peint votre cœur dans une indifférence
Qui n'enfle d'aucun d'eux[5] ni détruit l'espérance,
Et sans les voir d'un œil trop sévère ou trop doux
Attend l'ordre d'un père à[6] choisir un époux.
Ce respect l'a ravi, sa bouche et son visage
M'en ont donné sur l'heure un digne témoignage,
Et puisqu'il vous en faut encor faire un récit,
Voici d'eux et de vous ce qu'en hâte il m'a dit :
« Elle est dans le devoir[7] ; tous deux sont dignes d'elle,
Tous deux formés d'un sang noble, vaillant, fidèle,
Jeunes, mais qui font lire aisément dans leurs yeux
L'éclatante vertu[8] de leurs braves aïeux.
Don Rodrigue surtout n'a trait[9] en son visage
Qui d'un homme de cœur[10] ne soit la haute image[11],
Et sort d'une maison si féconde en guerriers,
Qu'ils y prennent naissance au milieu des lauriers[12].
La valeur de son père, en son temps sans pareille,
Tant qu'a duré sa force, a passé pour merveille ;
Ses rides sur son front ont gravé ses exploits,
Et nous disent encor ce qu'il fut autrefois.

Notes

1. **brigue** : rivalité amoureuse.
2. Don Sanche et don Rodrigue courtisent Chimène, par l'intermédiaire de sa gouvernante.
3. **amants** : amoureux, prétendants.
4. **me penche d'un côté** : me fait préférer l'un d'eux.
5. **Qui n'enfle d'aucun d'eux** : qui ne donne l'avantage à aucun d'eux.
6. **à** : pour.
7. **devoir** : obligation morale.
8. **vertu** : force, mérite ; au pluriel, qualités morales.
9. **n'a trait** : n'a pas un seul trait.
10. **cœur** : courage.
11. La vaillance de Rodrigue se lit sur son visage.
12. Le laurier est le symbole de la gloire militaire.

Je me promets du fils ce que j'ai vu du père ;
Et ma fille, en un mot, peut l'aimer et me plaire. »
Il allait au conseil, dont l'heure qui pressait
A tranché ce discours qu'à peine il commençait ;
Mais à ce peu de mots je crois que sa pensée
Entre vos deux amants n'est pas fort balancée[1].
Le roi doit à son fils élire un gouverneur[2],
Et c'est lui que regarde[3] un tel degré d'honneur :
Ce choix n'est pas douteux[4], et sa rare vaillance
Ne peut souffrir qu'on craigne aucune concurrence.
Comme ses hauts exploits le rendent sans égal,
Dans un espoir si juste il sera sans rival ;
Et puisque don Rodrigue a résolu son père
Au sortir du conseil à proposer l'affaire[5],
Je vous laisse à juger s'il prendra bien son temps[6],
Et si tous vos désirs seront bientôt contents.

CHIMÈNE

Il semble toutefois que mon âme troublée
Refuse cette joie et s'en trouve accablée :
Un moment donne au sort des visages divers[7],
Et dans ce grand bonheur je crains un grand revers.

ELVIRE

Vous verrez cette crainte heureusement déçue[8].

CHIMÈNE

Allons, quoi qu'il en soit, en attendre l'issue.

Notes

1. **balancée** : hésitante.
2. **élire un gouverneur** : choisir un précepteur.
3. **c'est lui que regarde** : c'est lui (le Comte) que concerne…
4. **Ce choix n'est pas douteux** : le choix du Comte comme gouverneur du Prince ne fait aucun doute.
5. **l'affaire** : l'union de Rodrigue et de Chimène.
6. **s'il prendra bien son temps** : s'il saisira l'occasion la plus favorable pour faire sa demande.
7. **Un moment [...] divers** : un seul instant suffit à changer la destinée.
8. **déçue** : détrompée.

SCÈNE 2

L'INFANTE, LÉONOR, UN PAGE

(Chez l'Infante.)

L'INFANTE

Page, allez avertir Chimène de ma part
Qu'aujourd'hui pour me voir elle attend un peu tard,
Et que mon amitié se plaint de sa paresse.

(Le page rentre.)

LÉONOR

Madame, chaque jour même désir vous presse ;
Et dans son entretien[1] je vous vois chaque jour
Demander en quel point se trouve son amour.

L'INFANTE

Ce n'est pas sans sujet : je l'ai presque forcée
À recevoir les traits[2] dont son âme est blessée.
Elle aime don Rodrigue, et le tient de ma main,
Et par moi don Rodrigue a vaincu son dédain :
Ainsi de ces amants ayant formé les chaînes[3],
Je dois prendre intérêt à voir finir leurs peines.

LÉONOR

Madame, toutefois parmi leurs bons succès[4],
Vous montrez un chagrin qui va jusqu'à l'excès.
Cet amour, qui tous deux les comble d'allégresse,
Fait-il de ce grand cœur la profonde tristesse,
Et ce grand intérêt que vous prenez pour eux
Vous rend-il malheureuse alors qu'ils sont heureux ?
Mais je vais trop avant et deviens indiscrète.

Notes

1. **son entretien** : celui que vous avez avec elle.
2. **traits** : ce sont les flèches de Cupidon, dieu de l'Amour.
3. **chaînes** : liens de l'amour.
4. **parmi leurs bons succès** : au milieu de leur bonheur.

L'INFANTE

Ma tristesse redouble à la tenir secrète.
Écoute, écoute enfin comme j'ai combattu,
Écoute quels assauts brave encor ma vertu.
L'amour est un tyran qui n'épargne personne :
Ce jeune cavalier[1], cet amant que je donne,
Je l'aime.

LÉONOR

Vous l'aimez !

L'INFANTE

Mets la main sur mon cœur,
Et vois comme il se trouble au nom de son vainqueur,
Comme il le reconnaît.

LÉONOR

Pardonnez-moi, Madame,
Si je sors du respect pour blâmer cette flamme,
Une grande princesse à ce point s'oublier
Que d'admettre en son cœur un simple cavalier !
Et que dirait le Roi ? que dirait la Castille ?
Vous souvient-il encor de qui vous êtes fille ?

L'INFANTE

Il m'en souvient si bien que j'épandrai mon sang
Avant que je m'abaisse à démentir[2] mon rang.
Je te répondrais bien que dans les belles âmes
Le seul mérite[3] a droit de produire des flammes ;
Et si ma passion cherchait à s'excuser,
Mille exemples fameux pourraient l'autoriser ;
Mais je n'en veux point suivre où ma gloire[4] s'engage[5] ;
La surprise des sens[6] n'abat point mon courage ;

Notes

1. **cavalier** : chevalier, gentilhomme.
2. **démentir** : renier.
3. **mérite** : ensemble des qualités qui distinguent un homme de valeur.
4. **ma gloire** : l'estime de soi, ma considération.
5. **s'engage** : soit compromise.
6. **La surprise des sens** : l'amour.

Et je me dis toujours qu'étant fille de roi,
Tout autre qu'un monarque est indigne de moi.
Quand je vis que mon cœur ne se pouvait défendre,
Moi-même je donnai ce que je n'osai prendre.
Je mis, au lieu de moi, Chimène en ses liens,
Et j'allumai leurs feux pour éteindre les miens.
Ne t'étonne donc plus si mon âme gênée[1]
Avec impatience attend leur hyménée[2] :
Tu vois que mon repos en dépend aujourd'hui.
Si l'amour vit d'espoir, il périt avec lui :
C'est un feu qui s'éteint, faute de nourriture ;
Et malgré la rigueur de ma triste aventure,
Si Chimène a jamais Rodrigue pour mari,
Mon espérance est morte, et mon esprit guéri.
Je souffre cependant un tourment incroyable :
Jusques à cet hymen Rodrigue m'est aimable[3] ;
Je travaille à le perdre, et le perds à regret ;
Et de là prend son cours mon déplaisir secret.
Je vois avec chagrin que l'amour me contraigne[4]
À pousser des soupirs pour ce que je dédaigne ;
Je sens en deux partis mon esprit divisé :
Si mon courage est haut, mon cœur est embrasé ;
Cet hymen[5] m'est fatal, je le crains et souhaite :
Je n'ose en espérer qu'une joie imparfaite.
Ma gloire et mon amour ont pour moi tant d'appas,
Que je meurs s'il s'achève ou ne s'achève pas.

LÉONOR

Madame, après cela je n'ai rien à vous dire,
Sinon que de vos maux avec vous je soupire :
Je vous blâmais tantôt, je vous plains à présent ;

Notes

1. **gênée** : torturée.
2. **hyménée** : mariage.
3. **aimable** : digne d'être aimé.
4. **me contraigne** : puisse me contraindre.
5. **hymen** : mariage.

Mais puisque dans un mal si doux et si cuisant
Votre vertu combat et son charme[1] et sa force,
En repousse l'assaut, en rejette l'amorce,
Elle rendra le calme à vos esprits flottants[2].
Espérez donc tout d'elle, et du secours du temps ;
Espérez tout du Ciel : il a trop de justice
Pour laisser la vertu dans un si long supplice.

L'INFANTE

Ma plus douce espérance est de perdre l'espoir.

LE PAGE

Par vos commandements Chimène vous vient voir.

L'INFANTE, *à Léonor.*

Allez l'entretenir en cette galerie.

LÉONOR

Voulez-vous demeurer dedans la rêverie[3] ?

L'INFANTE

Non, je veux seulement, malgré mon déplaisir,
Remettre mon visage[4] un peu plus à loisir.
Je vous suis. Juste Ciel, d'où j'attends mon remède,
Mets enfin quelque borne au mal qui me possède :
Assure mon repos, assure mon honneur[5].
Dans le bonheur d'autrui je cherche mon bonheur :
Cet hyménée à trois[6] également importe ;
Rends son effet[7] plus prompt, ou mon âme plus forte.
D'un lien conjugal joindre ces deux amants,
C'est briser tous mes fers[8] et finir mes tourments.
Mais je tarde un peu trop : allons trouver Chimène,
Et par son entretien soulager notre peine.

Notes

1. **charme** : puissance mystérieuse.
2. **flottants** : troublés.
3. **dedans la rêverie** : dans vos pensées.
4. **Remettre mon visage** : reprendre l'apparence du calme.
5. **honneur** : respect de soi-même et code de conduite des héros cornéliens.
6. **à trois** : à trois personnes.
7. **effet** : accomplissement.
8. **mes fers** : les liens de l'amour.

SCÈNE 3

LE COMTE, DON DIÈGUE

(Une place publique devant le palais royal.)

LE COMTE

Enfin vous l'emportez, et la faveur du Roi
Vous élève en un rang qui n'était dû qu'à moi :
Il vous fait gouverneur du prince de Castille[1].

DON DIÈGUE

Cette marque d'honneur[2] qu'il met dans ma famille
Montre à tous qu'il est juste, et fait connaître assez
Qu'il sait récompenser les services passés.

LE COMTE

Pour grands que soient les rois, ils sont ce que nous sommes :
Ils peuvent se tromper comme les autres hommes ;
Et ce choix sert de preuve à tous les courtisans[3]
Qu'ils savent mal payer les services présents.

DON DIÈGUE

Ne parlons plus d'un choix dont votre esprit s'irrite :
La faveur l'a pu faire autant que le mérite ;
Mais on doit ce respect au pouvoir absolu,
De n'examiner[4] rien quand un roi l'a voulu.
À l'honneur qu'il m'a fait ajoutez-en un autre ;
Joignons d'un sacré nœud[5] ma maison et la vôtre :
Vous n'avez qu'une fille, et moi je n'ai qu'un fils ;
Leur hymen nous peut rendre à jamais plus qu'amis :
Faites-nous cette grâce, et l'acceptez pour gendre.

Notes

1. **prince de Castille** : fils aîné du roi don Fernand.
2. **marque d'honneur** : distinction, privilège.
3. **courtisans** : hommes de Cour.
4. **n'examiner** : ne critiquer.
5. **sacré nœud** : nœud sacré (l'hymen ou le lien du mariage).

LE COMTE

À des partis plus hauts ce beau fils doit prétendre;
Et le nouvel éclat de votre dignité[1]
Lui doit enfler le cœur d'une autre vanité[2].
Exercez-la[3], Monsieur, et gouvernez le Prince :
Montrez-lui comme[4] il faut régir une province,
Faire trembler partout les peuples sous sa loi,
Remplir les bons d'amour, et les méchants d'effroi.
Joignez à ces vertus[5] celles d'un capitaine :
Montrez-lui comme il faut s'endurcir à la peine,
Dans le métier de Mars[6] se rendre sans égal,
Passer les jours entiers et les nuits à cheval,
Reposer tout armé, forcer une muraille,
Et ne devoir qu'à soi le gain d'une bataille.
Instruisez-le d'exemple[7], et rendez-le parfait,
Expliquant à ses yeux vos leçons par l'effet[8].

DON DIÈGUE

Pour s'instruire d'exemple, en dépit de l'envie[9],
Il lira seulement l'histoire de ma vie.
Là, dans un long tissu[10] de belles actions,
Il verra comme il faut dompter des nations,
Attaquer une place, ordonner une armée,
Et sur de grands exploits bâtir sa renommée.

LE COMTE

Les exemples vivants sont d'un autre pouvoir;
Un prince dans un livre apprend mal son devoir.
Et qu'a fait après tout ce[11] grand nombre d'années,

Notes

1. **dignité** : la charge de gouverneur du prince.
2. **vanité** : prétention.
3. **la** : votre dignité.
4. **comme** : comment.
5. **vertus** : qualités.
6. **le métier de Mars** : le métier militaire. Mars est le dieu de la Guerre.
7. **d'exemple** : en lui montrant l'exemple.
8. **par l'effet** : par la mise en pratique.
9. **en dépit de l'envie** : malgré les envieux.
10. **tissu** : liste.
11. **ce** : votre.

Que ne puisse égaler une de mes journées?
Si vous fûtes vaillant, je le suis aujourd'hui,
Et ce bras[1] du royaume est le plus ferme appui.
Grenade et l'Aragon[2] tremblent quand ce fer[3] brille;
Mon nom sert de rempart à toute la Castille :
Sans moi, vous passeriez bientôt sous d'autres lois,
Et vous auriez bientôt vos ennemis pour rois.
Chaque jour, chaque instant, pour rehausser ma gloire,
Met lauriers sur lauriers, victoire sur victoire.
Le Prince à mes côtés ferait dans les combats
L'essai de son courage à l'ombre de mon bras;
Il apprendrait à vaincre en me regardant faire;
Et pour répondre en hâte à son grand caractère[4],
Il verrait…

DON DIÈGUE

Je le sais, vous servez bien le Roi :
Je vous ai vu combattre et commander sous moi[5].
Quand l'âge dans mes nerfs a fait couler sa glace,
Votre rare valeur a bien rempli ma place;
Enfin, pour épargner les discours superflus,
Vous êtes aujourd'hui ce qu'autrefois je fus.
Vous voyez toutefois qu'en cette concurrence
Un monarque entre nous met quelque différence.

LE COMTE

Ce que je méritais, vous l'avez emporté.

DON DIÈGUE

Qui l'a gagné sur vous l'avait mieux mérité.

LE COMTE

Qui peut mieux l'exercer en est bien le plus digne.

Notes

1. **ce bras** : ma force.
2. **Grenade, Aragon** : royaumes indépendants, ennemis de la Castille.
3. **ce fer** : mon épée.
4. **pour […] caractère** : pour développer rapidement ses qualités.
5. **sous moi** : sous mes ordres.

DON DIÈGUE

En être refusé n'en est pas un bon signe.

LE COMTE

Vous l'avez eu par brigue[1], étant vieux courtisan.

DON DIÈGUE

L'éclat de mes hauts faits fut mon seul partisan.

LE COMTE

Parlons-en mieux, le Roi fait honneur à votre âge.

DON DIÈGUE

Le Roi, quand il en fait, le[2] mesure au courage.

LE COMTE

Et par là cet honneur n'était dû qu'à mon bras.

DON DIÈGUE

Qui n'a pu l'obtenir ne le méritait pas.

LE COMTE

Ne le méritait pas ! moi ?

DON DIÈGUE

Vous.

LE COMTE

Ton impudence[3],
Téméraire vieillard, aura sa récompense.

(Il lui donne un soufflet[4].)

DON DIÈGUE, *mettant l'épée à la main.*

Achève, et prends ma vie, après un tel affront,
Le premier dont ma race ait vu rougir son front.

LE COMTE

Et que penses-tu faire avec tant de faiblesse ?

Notes

1. **brigue** : intrigue.
2. « *En* » et « *le* » renvoient à « *honneur* ».
3. **impudence** : insolence, audace.
4. ***soufflet*** : gifle.

DON DIÈGUE

Ô Dieu ! ma force usée en ce besoin me laisse !

LE COMTE

Ton épée est à moi[1] ; mais tu serais trop vain[2],
Si ce honteux trophée avait chargé ma main.
Adieu : fais lire au Prince, en dépit de l'envie,
Pour son instruction, l'histoire de ta vie :
D'un insolent discours ce juste châtiment
Ne lui servira pas d'un petit ornement[3].

SCÈNE 4

DON DIÈGUE

Ô rage ! ô désespoir ! ô vieillesse ennemie !
N'ai-je donc tant vécu que pour cette infamie[4] ?
Et ne suis-je blanchi[5] dans les travaux guerriers
Que pour voir en un jour flétrir tant de lauriers ?
Mon bras qu'avec respect toute l'Espagne admire,
Mon bras, qui tant de fois a sauvé cet empire,
Tant de fois affermi le trône de son roi,
Trahit donc ma querelle[6] et ne fait rien pour moi ?
Ô cruel souvenir de ma gloire passée !
Œuvre de tant de jours en un jour effacée !
Nouvelle dignité, fatale à[7] mon bonheur !
Précipice élevé d'où tombe mon honneur !
Faut-il de votre éclat voir triompher le Comte,
Et mourir sans vengeance, ou vivre dans la honte ?

Notes

1. Don Diègue a laissé tomber son épée au vers précédent.
2. **vain** : fier, orgueilleux.
3. **ce juste châtiment […] ornement** : cet épisode illustrera l'histoire de ta vie (ironie insultante du Comte).
4. **infamie** : déshonneur.
5. **ne suis-je blanchi** : n'ai-je vieilli.
6. **querelle** : cause.
7. **fatale à** : qui détruit.

Comte, sois de mon prince à présent gouverneur :
Ce haut rang n'admet point un homme sans honneur;
Et ton jaloux orgueil, par cet affront insigne[1],
Malgré le choix du Roi, m'en a su rendre indigne.
Et toi, de mes exploits glorieux instrument,
Mais d'un corps tout de glace[2] inutile ornement,
Fer[3], jadis tant à craindre, et qui, dans cette offense,
M'as servi de parade[4], et non pas de défense,
Va, quitte désormais le dernier des humains,
Passe, pour me venger, en de meilleures mains.

Le Comte humiliant Don Diègue, dessin de Gravelot (1762).

Notes

1. **insigne** : extraordinaire.
2. **tout de glace** : glacé par l'âge.
3. **Fer** : épée.
4. **parade** : parure inutile.

Le monologue de théâtre

Questions sur la scène 4 de l'acte I (pp. 22-23)

QUE S'EST-IL PASSÉ ENTRE-TEMPS ?

1. Qui est le père de Chimène et qui est celui de Rodrigue ?

2. Quel affront Don Diègue vient-il de subir ? De la part de qui et pour quelle raison ? Pourquoi cet affront remet-il en cause les relations de Chimène et Rodrigue ?

3. *Le Cid* est une histoire d'amour à plusieurs personnages. Remplissez le tableau suivant. Que remarquez-vous ?

	Aime	Est aimé(e) par
Chimène		
Rodrigue		
L'Infante		
Don Sanche		

AVEZ-VOUS BIEN LU ?

4. Dans son monologue*, que rappelle Don Diègue à propos de son passé ? Relevez les mots qui montrent qu'il a été un personnage important de l'État.

5. Quel trait de caractère du Comte Don Diègue dénonce-t-il ?

6. Pourquoi Don Diègue est-il inquiet et désespéré ?

*** *monologue* : au théâtre, discours qui correspond à un moment où le personnage est seul en scène.**

Étudier les thèmes de « l'honneur » et du « déshonneur »

7 Relevez toutes les occurrences* du mot *« honneur »* dans le texte, puis les mots et expressions qui désignent le déshonneur de Don Diègue. Qu'en concluez-vous sur l'importance de cette valeur ?

**** occurrences :*** **apparitions d'un mot dans le texte.**

8 À qui s'adresse successivement Don Diègue dans ce monologue (v. 251, d'une part, et v. 255 et 257, d'autre part) ? Pourquoi ?

9 Pour quelle raison Don Diègue ne peut-il se venger lui-même ? Relevez une expression qui l'explique.

10 Selon vous, que signifie le vers 260 ? Quelles vont être ses conséquences ?

Étudier un monologue de théâtre

11 Placé entre le départ du Comte et l'arrivée de Rodrigue, pourquoi ce monologue a-t-il une importance capitale ?

12 Ce monologue est construit en 3 étapes. Repérez la progression de la réflexion de Don Diègue et résumez, en une phrase, chaque étape :
- Vers 237 à 244 : ......
- Vers 245 à 254 : ......
- Vers 255 à 260 : ......

Les points de vue dans un récit

Les points de vue correspondent à la vision de celui ou celle qui perçoit ce qui est écrit : le lecteur peut, ainsi, savoir moins de choses que le personnage (**point de vue externe**), plus de choses que lui (**point de vue omniscient**), ou être dans sa tête et ne connaître que ce qu'il pense et sait (**point de vue interne**).

13 À quel point de vue, dans le récit, correspond le monologue de théâtre ? Que nous apprend-il, ici, sur Don Diègue ?

14 Relevez les éléments qui montrent que Don Diègue est victime d'un destin injuste.

ÉTUDIER LES REGISTRES HÉROÏQUE ET ORATOIRE

15 Le monologue de Don Diègue est un morceau de bravoure* qui contient de nombreuses figures de style. Pour chaque citation suivante, dites à quelle figure de style elle correspond :

1. *« Ô rage ! ô désespoir ! ô vieillesse ennemie ! »*
2. *« N'ai-je donc tant vécu que pour cette infamie ? »*
3. *« Mon bras qu'avec respect toute l'Espagne admire, / Mon bras qui tant de fois a sauvé cet empire »*
4. *« Œuvre de tant de jours en un jour effacée ! »*
5. *« Précipice élevé d'où tombe mon honneur ! »*
6. *« Et mourir sans vengeance, ou vivre dans la honte »*
7. *« Comte, sois de mon prince à présent gouverneur »*
8. *« Ton jaloux orgueil par cet affront insigne »*
9. *« Fer, jadis tant à craindre »*
10. *« Va, quitte désormais le dernier des humains »*

a) Anaphore (répétition d'un ou plusieurs mots en début de vers)

b) Antithèse (opposition de 2 mots ou 2 idées)

c) Apostrophe (interpellation par son nom de celui à qui l'on s'adresse)

d) Chiasme (parallélisme dont les termes sont inversés, selon le modèle AB/B'A')

e) Gradation (succession de mots d'intensité croissante ou décroissante)

f) Hyperbole (exagération)

** *morceau de bravoure* : passage d'une œuvre où l'auteur multiplie les effets pour marquer les esprits.**

g) Métaphore (comparaison utilisée sans outil de comparaison)

h) Métonymie (désignation d'un objet par quelque chose qui le constitue)

i) Parallélisme (vers où les 2 hémistiches* ont la même construction grammaticale)

j) Question rhétorique ou oratoire (question qui n'attend pas de réponse)

*** *hémistiches* : moitiés égales d'un vers.**

1. … **2.** … **3.** … **4.** … **5.** … **6.** … **7.** … **8.** … **9.** … **10.** …

16 Comment l'accumulation de ces figures de style contribue-t-elle à construire une image héroïque de Don Diègue ? Quel effet produisent-elles sur le spectateur ?

Expression orale

17 Apprenez par cœur les vers 237 à 250, puis récitez-les de manière expressive (attention aux *e* muets, à la ponctuation, etc.).

À vos plumes !

18 Imaginez le monologue du Comte, en vers ou en prose, après l'acte qu'il vient de commettre : il réfléchira aux causes et aux conséquences de celui-ci, en utilisant, comme Don Diègue, plusieurs figures de style.

SCÈNE 5

DON DIÈGUE, DON RODRIGUE

DON DIÈGUE

Rodrigue, as-tu du cœur[1] ?

DON RODRIGUE

Tout autre que mon père
L'éprouverait sur l'heure[2].

DON DIÈGUE

Agréable colère !
Digne ressentiment[3] à ma douleur bien doux !
Je reconnais mon sang à ce noble courroux[4] ;
Ma jeunesse revit en cette ardeur si prompte.
Viens, mon fils, viens, mon sang, viens réparer ma honte ;
Viens me venger.

DON RODRIGUE

De quoi ?

DON DIÈGUE

D'un affront si cruel,
Qu'à l'honneur de tous deux il porte un coup mortel :
D'un soufflet. L'insolent en eût perdu la vie ;
Mais mon âge a trompé ma généreuse envie :
Et ce fer que mon bras ne peut plus soutenir,
Je le remets au tien pour venger et punir.
Va contre un arrogant éprouver ton courage :
Ce n'est que dans le sang qu'on lave un tel outrage[5] ;
Meurs ou tue. Au surplus, pour ne te point flatter[6],
Je te donne à combattre un homme à redouter :
Je l'ai vu, tout couvert de sang et de poussière,

Notes

1. **cœur** : courage
2. **L'éprouverait sur l'heure** : en aurait la preuve immédiatement.
3. **Digne ressentiment** : noble réaction.
4. **courroux** : colère.
5. **outrage** : offense, insulte.
6. **pour ne te point flatter** : pour ne pas te mentir.

Porter partout l'effroi dans une armée entière.
J'ai vu par sa valeur[1] cent escadrons rompus[2];
Et pour t'en dire encor quelque chose de plus,
Plus que brave soldat, plus que grand capitaine,
C'est...

DON RODRIGUE

De grâce, achevez.

DON DIÈGUE

Le père de Chimène.

DON RODRIGUE

Le...

DON DIÈGUE

Ne réplique point, je connais ton amour;
Mais qui peut vivre infâme[3] est indigne du jour[4].
Plus l'offenseur est cher, et plus grande est l'offense.
Enfin tu sais l'affront, et tu tiens la vengeance[5] :
Je ne te dis plus rien. Venge-moi, venge-toi;
Montre-toi digne fils d'un père tel que moi.
Accablé des malheurs où le destin me range[6],
Je vais les déplorer[7] : va, cours, vole, et nous venge.

SCÈNE 6

DON RODRIGUE

Percé jusques au fond du cœur
D'une atteinte imprévue aussi bien que mortelle,
Misérable[8] vengeur d'une juste querelle[9],

Notes

1. **valeur** : courage à la guerre (vaillance).
2. **escadrons rompus** : armées vaincues.
3. **infâme** : déshonoré.
4. **indigne du jour** : indigne de vivre.
5. **tu tiens la vengeance** : tu as les moyens de me venger.
6. **où le destin me range** : auxquels le destin me condamne.
7. **les déplorer** : pleurer sur ces malheurs.
8. **Misérable** : digne de pitié.
9. **querelle** : cause.

Et malheureux objet[1] d'une injuste rigueur[2],
Je demeure immobile, et mon âme abattue
Cède au coup qui me tue.
Si près de voir mon feu[3] récompensé,
Ô Dieu, l'étrange[4] peine !
En cet affront mon père est l'offensé,
Et l'offenseur le père de Chimène !

Que je sens de rudes combats !
Contre mon propre honneur mon amour s'intéresse[5] :
Il faut venger un père, et perdre une maîtresse[6] :
L'un m'anime le cœur, l'autre retient mon bras.
Réduit au triste choix ou de trahir ma flamme,
Ou de vivre en infâme[7],
Des deux côtés mon mal est infini.
Ô Dieu, l'étrange peine !
Faut-il laisser un affront impuni ?
Faut-il punir le père de Chimène ?

Père, maîtresse, honneur, amour,
Noble et dure contrainte, aimable tyrannie,
Tous mes plaisirs sont morts, ou ma gloire ternie.
L'un me rend malheureux, l'autre indigne du jour.
Cher et cruel espoir[8] d'une âme généreuse[9]
Mais ensemble[10] amoureuse,
Digne ennemi de mon plus grand bonheur,
Fer qui causes ma peine,

Notes

1. **malheureux objet** : victime.
2. **injuste rigueur** : l'offense du comte.
3. **feu** : amour.
4. **étrange** : terrible.
5. **s'intéresse** : prend parti.
6. **maîtresse** : femme aimée.
7. **infâme** : personne qui a perdu son honneur.
8. **Cher et cruel espoir** : Rodrigue s'adresse à l'épée qu'il a reçue de son père (v. 272).
9. **généreuse** : noble.
10. **ensemble** : en même temps.

M'es-tu donné pour venger mon honneur ?
M'es-tu donné pour perdre ma Chimène ?

Il vaut mieux courir au trépas[1].
Je dois à[2] ma maîtresse aussi bien qu'à mon père :
J'attire en me vengeant sa haine et sa colère ;
J'attire ses mépris en ne me vengeant pas.
À mon plus doux espoir l'un me rend infidèle,
Et l'autre, indigne d'elle[3].
Mon mal augmente à le vouloir[4] guérir,
Tout redouble ma peine.
Allons, mon âme ; et puisqu'il faut mourir,
Mourons du moins sans offenser Chimène.

Mourir sans tirer ma raison[5] !
Rechercher un trépas si mortel à ma gloire !
Endurer que l'Espagne impute à ma mémoire[6]
D'avoir mal soutenu l'honneur de ma maison !
Respecter un amour dont mon âme égarée
Voit la perte assurée !
N'écoutons plus ce penser suborneur[7],
Qui ne sert qu'à ma peine.
Allons, mon bras, sauvons du moins l'honneur,
Puisqu'après tout[8] il faut perdre Chimène.

Oui, mon esprit s'était déçu[9].
Je dois tout à mon père avant qu'à ma maîtresse.
Que je meure au combat, ou meure de tristesse,

Notes

1. trépas : mort.
2. Je dois à : j'ai des obligations envers.
3. À mon plus doux [...] d'elle : «*l'un*» et «*l'autre*» renvoient à l'idée de se venger ou pas.
4. à le vouloir : en le voulant.
5. raison : vengeance.
6. impute à ma mémoire : m'accuse quand je serai mort.
7. ce penser suborneur : cette pensée qui détourne du devoir.
8. Puisqu'après tout : puisque de toute façon.
9. déçu : trompé.

Je rendrai mon sang pur comme je l'ai reçu.
Je m'accuse déjà de trop de négligence :
Courons à la vengeance ;
Et tout honteux d'avoir tant balancé[1],
Ne soyons plus en peine,
Puisqu'aujourd'hui mon père est l'offensé,
Si l'offenseur est père de Chimène.

Illustration d'un traité d'escrime dédié au roi Henri III.

Note

1. **balancé** : hésité.

Acte II

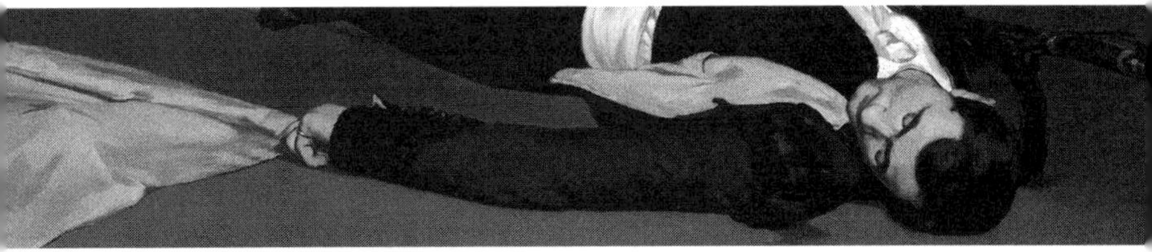

SCÈNE 1

DON ARIAS, LE COMTE

LE COMTE

Je l'avoue entre nous, mon sang un peu trop chaud
S'est trop ému[1] d'un mot, et l'a porté trop haut[2] ;
Mais puisque c'en est fait, le coup est sans remède.

DON ARIAS

Qu'aux volontés du Roi ce grand courage[3] cède :
Il y[4] prend grande part, et son cœur irrité
Agira contre vous de pleine autorité.
Aussi, vous n'avez point de valable défense :
Le rang de l'offensé, la grandeur de l'offense
Demandent des devoirs et des submissions[5]
Qui passent[6] le commun des satisfactions[7].

LE COMTE

Le Roi peut à son gré disposer de ma vie.

Notes

1. **S'est trop ému** : s'est montré trop susceptible.
2. **l'a porté trop haut** : a été trop orgueilleux.
3. **ce grand courage** : votre grand cœur.
4. **y** : à cette affaire.
5. **submissions** : marques de soumission.
6. **passent** : dépassent.
7. **satisfactions** : excuses, réparations.

DON ARIAS

De trop d'emportement votre faute est suivie.
Le Roi vous aime encore ; apaisez son courroux.
Il a dit : « Je le veux » ; désobéirez-vous ?

LE COMTE

Monsieur, pour conserver tout ce que j'ai d'estime[1],
Désobéir un peu n'est pas un si grand crime ;
Et quelque grand qu'il soit[2], mes services présents
Pour le faire abolir[3] sont plus que suffisants.

DON ARIAS

Quoi qu'on fasse d'illustre et de considérable,
Jamais à son sujet un roi n'est redevable.
Vous vous flattez beaucoup, et vous devez savoir
Que qui sert bien son roi ne fait que son devoir[4].
Vous vous perdrez, Monsieur, sur[5] cette confiance.

LE COMTE

Je ne vous en croirai qu'après l'expérience.

DON ARIAS

Vous devez redouter la puissance d'un roi.

LE COMTE

Un jour seul ne perd pas[6] un homme tel que moi.
Que toute sa grandeur s'arme pour mon supplice,
Tout l'État périra, s'il faut que je périsse.

DON ARIAS

Quoi ! vous craignez si peu le pouvoir souverain...

Notes

1. **estime** : honneur, réputation.
2. **quelque grand qu'il soit** : quelle que soit l'importance de ce crime.
3. **abolir** : pardonner par le roi.
4. **devoir** : obligation morale du héros cornélien.
5. **sur** : en vous fondant sur.
6. **Un jour seul ne perd pas** : un seul jour ne peut détruire.

LE COMTE

D'un sceptre[1] qui sans moi tomberait de sa main ?
Il a trop d'intérêt lui-même en ma personne,
Et ma tête en tombant ferait choir sa couronne.

DON ARIAS

Souffrez que la raison remette vos esprits.
Prenez un bon conseil[2].

LE COMTE

Le conseil en est pris.

DON ARIAS

Que lui dirai-je enfin ? je lui dois rendre conte[3].

LE COMTE

Que je ne puis du tout consentir à ma honte[4].

DON ARIAS

Mais songez que les rois veulent être absolus.

LE COMTE

Le sort en est jeté, Monsieur, n'en parlons plus.

DON ARIAS

Adieu donc, puisqu'en vain je tâche à vous résoudre :
Avec tous vos lauriers, craignez encor le foudre[5].

LE COMTE

Je l'attendrai sans peur.

DON ARIAS

Mais non pas sans effet[6].

LE COMTE

Nous verrons donc par là don Diègue satisfait.

(Il est seul.)

Notes

1. Le sceptre, comme la couronne, est un symbole du pouvoir royal.
2. **conseil** : décision.
3. **conte** : compte.
4. **consentir à ma honte** : en acceptant de présenter des excuses à don Diègue.
5. **le foudre** : la colère du roi.
6. **sans effet** : la certitude que le roi punira.

Qui ne craint point la mort ne craint point les menaces.
J'ai le cœur au-dessus des plus fières[1] disgrâces[2] ;
Et l'on peut me réduire à vivre sans bonheur,
Mais non pas me résoudre à vivre sans honneur.

SCÈNE 2

LE COMTE, DON RODRIGUE

DON RODRIGUE

À moi, Comte, deux mots.

LE COMTE

Parle.

DON RODRIGUE

Ôte-moi d'un doute.
Connais-tu bien don Diègue ?

LE COMTE

Oui.

DON RODRIGUE

Parlons bas ; écoute.
Sais-tu que ce vieillard fut la même vertu[3],
La vaillance[4] et l'honneur de son temps ? le sais-tu ?

LE COMTE

Peut-être.

DON RODRIGUE

Cette ardeur que dans les yeux je porte,
Sais-tu que c'est son sang ? le sais-tu ?

LE COMTE

Que m'importe ?

Notes

1. **fières** : cruelles.
2. **disgrâces** : hostilités, défaveurs.
3. **la même vertu** : la vertu même, c'est-à-dire le courage incarné.
4. **La vaillance** : un guerrier héroïque.

DON RODRIGUE

À quatre pas d'ici je te le fais savoir.

LE COMTE

Jeune présomptueux!

DON RODRIGUE

Parle sans t'émouvoir[1].
Je suis jeune, il est vrai; mais aux âmes bien nées[2]
La valeur n'attend point le nombre des années.

LE COMTE

Te mesurer à moi! qui t'a rendu si vain[3],
Toi qu'on n'a jamais vu les armes à la main?

DON RODRIGUE

Mes pareils[4] à deux fois ne se font point connaître,
Et pour leurs coups d'essai veulent des coups de maître.

LE COMTE

Sais-tu bien qui je suis?

DON RODRIGUE

Oui; tout autre que moi
Au seul bruit de ton nom pourrait trembler d'effroi.
Les palmes[5] dont je vois ta tête si couverte
Semblent porter écrit le destin de ma perte.
J'attaque en téméraire un bras toujours vainqueur;
Mais j'aurai trop de force, ayant assez de cœur.
À qui venge son père il n'est rien impossible.
Ton bras est invaincu, mais non pas invincible.

LE COMTE

Ce grand cœur qui paraît aux discours que tu tiens,
Par tes yeux, chaque jour, se découvrait aux miens[6];

Notes

1. **sans t'émouvoir** : sans perdre ton calme.
2. **âmes bien nées** : gens de noble naissance.
3. **vain** : sûr de toi, orgueilleux.
4. **Mes pareils** : mes semblables.
5. **palmes** : lauriers.
6. **aux miens** : à mes yeux.

Et croyant voir en toi l'honneur de la Castille,
Mon âme avec plaisir te destinait ma fille.
Je sais ta passion[1], et suis ravi de voir
Que tous ses mouvements[2] cèdent à ton devoir;
Qu'ils n'ont point affaibli cette ardeur magnanime[3];
Que ta haute vertu répond à mon estime;
Et que voulant pour gendre un cavalier parfait,
Je ne me trompais point au choix que j'avais fait;
Mais je sens que pour toi ma pitié s'intéresse[4];
J'admire ton courage, et je plains ta jeunesse.
Ne cherche point à faire un coup d'essai fatal;
Dispense ma valeur d'un combat inégal;
Trop peu d'honneur pour moi suivrait cette victoire :
À vaincre sans péril, on triomphe sans gloire.
On te croirait toujours abattu sans effort;
Et j'aurais seulement le regret de ta mort.

DON RODRIGUE

D'une indigne[5] pitié ton audace est suivie :
Qui m'ose ôter l'honneur craint de m'ôter la vie?

LE COMTE

Retire-toi d'ici.

DON RODRIGUE

Marchons sans discourir[6].

LE COMTE

Es-tu si las de vivre?

DON RODRIGUE

As-tu peur de mourir?

Notes

1. **ta passion** : ton amour pour Chimène.
2. **ses mouvements** : la force de ton amour.
3. **magnanime** : héroïque.
4. **s'intéresse** : s'émeut.
5. **indigne** : inconvenante.
6. **discourir** : parler.

LE COMTE

Viens, tu fais ton devoir[1], et le fils dégénère[2]
Qui survit un moment à l'honneur de son père.

SCÈNE 3

L'INFANTE, CHIMÈNE, LÉONOR

L'INFANTE

Apaise, ma Chimène, apaise ta douleur :
Fais agir ta constance[3] en ce coup de malheur.
Tu reverras le calme après ce faible orage ;
Ton bonheur n'est couvert que d'un peu de nuage,
Et tu n'as rien perdu pour le voir différer[4].

CHIMÈNE

Mon cœur outré d'ennuis[5] n'ose rien espérer.
Un orage si prompt qui trouble une bonace[6]
D'un naufrage certain nous porte la menace :
Je n'en saurais douter, je péris dans le port.
J'aimais, j'étais aimée, et nos pères d'accord ;
Et je vous en contais la charmante nouvelle,
Au malheureux moment que[7] naissait leur querelle,
Dont le récit fatal, sitôt qu'on vous l'a fait,
D'une si douce attente a ruiné l'effet[8].
Maudite ambition, détestable manie[9],
Dont les plus généreux souffrent[10] la tyrannie !
Honneur impitoyable à mes plus chers désirs,
Que tu vas me coûter de pleurs et de soupirs !

Notes

1. **devoir** : obligation morale du héros cornélien.
2. **dégénère** : est indigne, déchoit.
3. **constance** : courage.
4. **différer** : retarder.
5. **outré d'ennuis** : accablé de souffrances.
6. **bonace** : calme marin.
7. **que** : où.
8. **effet** : accomplissement.
9. **manie** : folie (il s'agit de l'ambition).
10. **souffrent** : subissent.

L'INFANTE

Tu n'as dans leur querelle aucun sujet de craindre :
Un moment l'a fait naître, un moment va l'éteindre.
Elle a fait trop de bruit pour ne pas s'accorder[1],
Puisque déjà le Roi les veut accommoder[2] ;
Et tu sais que mon âme, à tes ennuis sensible,
Pour en tarir la source y fera l'impossible.

CHIMÈNE

Les accommodements ne font rien en ce point ;
De si mortels affronts ne se réparent point.
En vain on fait agir la force ou la prudence :
Si l'on guérit le mal, ce n'est qu'en apparence.
La haine que les cœurs conservent au dedans
Nourrit des feux cachés, mais d'autant plus ardents.

L'INFANTE

Le saint nœud[3] qui joindra don Rodrigue et Chimène
Des pères ennemis dissipera la haine ;
Et nous verrons bientôt votre amour le plus fort
Par un heureux hymen étouffer ce discord[4].

CHIMÈNE

Je le souhaite ainsi plus que je ne l'espère :
Don Diègue est trop altier[5] et je connais mon père.
Je sens couler des pleurs que je veux retenir ;
Le passé me tourmente, et je crains l'avenir.

L'INFANTE

Que crains-tu ? d'un vieillard l'impuissante faiblesse ?

CHIMÈNE

Rodrigue a du courage.

Notes

1. **s'accorder** : se résoudre à l'amiable.
2. **accommoder** : réconcilier.
3. **saint nœud** : mariage.
4. **discord** : discorde.
5. **altier** : fier.

L'Infante

Il a trop de jeunesse.

Chimène

Les hommes valeureux le sont du premier coup.

L'Infante

Tu ne dois pas pourtant le redouter beaucoup :
Il est trop amoureux pour te vouloir déplaire,
Et deux mots de ta bouche arrêtent sa colère.

Chimène

S'il ne m'obéit point, quel comble à mon ennui[1] !
Et s'il peut m'obéir, que dira-t-on de lui ?
Étant né ce qu'il est, souffrir[2] un tel outrage !
Soit qu'il cède ou résiste au feu qui me l'engage,
Mon esprit ne peut qu'être ou honteux ou confus[3],
De son trop de respect, ou d'un juste refus.

L'Infante

Chimène a l'âme haute, et quoiqu'intéressée[4],
Elle ne peut souffrir une basse pensée ;
Mais si jusques au jour de l'accommodement
Je fais mon prisonnier de ce parfait amant[5]
Et que j'empêche ainsi l'effet de son courage[6],
Ton esprit amoureux n'aura-t-il point d'ombrage[7] ?

Chimène

Ah ! Madame, en ce cas je n'ai plus de souci.

Notes

1. **quel comble à mon ennui** : quel excès de douleur.
2. **souffrir** : tolérer.
3. **confus** : bouleversé.
4. **intéressée** : amoureuse.
5. **amant** : amoureux, prétendant.
6. **l'effet de son courage** : son passage à l'acte.
7. **ombrage** : tristesse, rancune.

SCÈNE 4

L'INFANTE, CHIMÈNE, LÉONOR, LE PAGE

L'INFANTE

Page, cherchez Rodrigue, et l'amenez ici.

LE PAGE

Le comte de Gormas et lui...

CHIMÈNE

Bon Dieu ! je tremble.

L'INFANTE

Parlez.

LE PAGE

De ce palais ils sont sortis ensemble.

CHIMÈNE

Seuls ?

LE PAGE

Seuls, et qui semblaient tout bas se quereller.

CHIMÈNE

Sans doute ils sont aux mains[1], il n'en faut plus parler[2].
Madame, pardonnez à cette promptitude[3].

SCÈNE 5

L'INFANTE, LÉONOR

L'INFANTE

Hélas ! que dans l'esprit je sens d'inquiétude !
Je pleure ses malheurs, son amant me ravit[4] ;
Mon repos m'abandonne, et ma flamme revit.

Notes

1. **ils sont aux mains** : ils se battent.
2. Il ne faut plus parler de la solution proposée par l'Infante aux vers 495-498.
3. **cette promptitude** : ma hâte à sortir.
4. **me ravit** : m'inspire de l'amour.

Ce qui va séparer Rodrigue de Chimène
Fait renaître à la fois mon espoir et ma peine ;
Et leur division, que je vois à regret,
Dans mon esprit charmé jette un plaisir secret.

LÉONOR

Cette haute vertu[1] qui règne dans votre âme
Se rend-elle sitôt à cette lâche flamme ?

L'INFANTE

Ne la nomme point lâche, à présent que chez moi
Pompeuse[2] et triomphante elle me fait la loi :
Porte-lui du respect, puisqu'elle m'est si chère.
Ma vertu la combat, mais malgré moi j'espère ;
Et d'un si fol espoir mon cœur mal défendu
Vole après un amant que Chimène a perdu.

LÉONOR

Vous laissez choir ainsi ce glorieux courage,
Et la raison chez vous perd ainsi son usage[3] ?

L'INFANTE

Ah ! qu'avec peu d'effet[4] on entend la raison,
Quand le cœur est atteint d'un si charmant[5] poison !
Et lorsque le malade aime sa maladie,
Qu'il a peine à souffrir que l'on y remédie !

LÉONOR

Votre espoir vous séduit[6], votre mal vous est doux ;
Mais enfin ce Rodrigue est indigne de vous.

L'INFANTE

Je ne le sais que trop ; mais si ma vertu cède,
Apprends comme l'amour flatte[7] un cœur qu'il possède.
Si Rodrigue une fois sort vainqueur du combat,

Notes

1. **vertu** : force morale due au mérite.
2. **Pompeuse** : majestueuse.
3. **Et la raison [...] usage** : et vous n'êtes plus capable de vous montrer raisonnable.
4. **effet** : résultat.
5. **charmant** : puissant, envoûtant.
6. **séduit** : trompe.
7. **flatte** : fait illusion sur.

Si dessous[1] sa valeur ce grand guerrier s'abat,
Je puis en faire cas, je puis l'aimer sans honte.
Que ne fera-t-il point, s'il peut vaincre le Comte ?
J'ose m'imaginer qu'à ses moindres exploits
Les royaumes entiers tomberont sous ses lois ;
Et mon amour flatteur déjà me persuade
Que je le vois assis au trône de Grenade,
Les Mores[2] subjugués trembler en l'adorant,
L'Aragon recevoir ce nouveau conquérant,
Le Portugal[3] se rendre, et ses nobles journées[4]
Porter delà les mers ses hautes destinées,
Du sang des Africains arroser ses lauriers :
Enfin tout ce qu'on dit des plus fameux guerriers,
Je l'attends de Rodrigue après cette victoire,
Et fais de son amour[5] un sujet de ma gloire.

LÉONOR

Mais, Madame, voyez où vous portez son bras[6]
Ensuite[7] d'un combat qui peut-être n'est pas[8].

L'INFANTE

Rodrigue est offensé ; le Comte a fait l'outrage ;
Ils sont sortis ensemble : en faut-il davantage ?

LÉONOR

Eh bien ! ils se battront, puisque vous le voulez ;
Mais Rodrigue ira-t-il si loin[9] que vous allez ?

L'INFANTE

Que veux-tu ? je suis folle, et mon esprit s'égare :
Tu vois par là quels maux cet amour me prépare.

Notes

1. **dessous** : sous.
2. **Mores** : ou Maures ; Musulmans qui ont conquis une grande partie de l'Espagne à partir de 711.
3. Le Portugal est alors occupé par les Maures.
4. **journées** : batailles.
5. **son amour** : l'amour que j'ai pour lui.
6. **où vous portez son bras** : quels exploits vous imaginez.
7. **Ensuite** : à la suite.
8. **n'est pas** : n'a pas lieu.
9. **si loin** : aussi loin.

Viens dans mon cabinet[1] consoler mes ennuis,
Et ne me quitte point dans le trouble où je suis.

SCÈNE 6

DON FERNAND, DON ARIAS, DON SANCHE

DON FERNAND

Le Comte est donc si vain[2] et si peu raisonnable !
Ose-t-il croire encor son crime pardonnable ?

DON ARIAS

Je l'ai de votre part longtemps entretenu ;
J'ai fait mon pouvoir[3], Sire, et n'ai rien obtenu.

DON FERNAND

Justes cieux ! ainsi donc un sujet téméraire
A si peu de respect et de soin[4] de me plaire !
Il offense don Diègue, et méprise son roi !
Au milieu de ma cour il me donne la loi !
Qu'il soit brave guerrier, qu'il soit grand capitaine,
Je saurai bien rabattre une humeur si hautaine[5].
Fût-il la valeur même, et le dieu des combats,
Il verra ce que c'est que de n'obéir pas.
Quoi qu'ait pu mériter une telle insolence,
Je l'ai voulu d'abord traiter sans violence ;
Mais puisqu'il en abuse, allez dès aujourd'hui,
Soit qu'il résiste ou non, vous assurer de lui[6].

DON SANCHE

Peut-être un peu de temps le rendrait moins rebelle :
On l'a pris tout bouillant encor de sa querelle ;

Notes

1. **cabinet** : petite pièce située à l'écart.
2. **vain** : orgueilleux.
3. **mon pouvoir** : mon possible.
4. **soin** : souci.
5. **une humeur si hautaine** : un caractère aussi fier.
6. **vous assurer de lui** : l'arrêter.

Sire, dans la chaleur d'un premier mouvement,
Un cœur si généreux se rend malaisément[1].
Il voit bien qu'il a tort, mais une âme si haute
N'est pas sitôt[2] réduite à confesser sa faute.

DON FERNAND

Don Sanche, taisez-vous, et soyez averti
Qu'on se rend criminel à prendre son parti.

DON SANCHE

J'obéis, et me tais ; mais de grâce encor, Sire,
Deux mots en sa défense.

DON FERNAND

Et que pouvez-vous dire ?

DON SANCHE

Qu'une âme accoutumée aux grandes actions
Ne se peut abaisser à des submissions[3] :
Elle n'en conçoit point qui s'expliquent sans honte[4],
Et c'est à ce mot seul qu'a résisté le Comte.
Il trouve en son devoir un peu trop de rigueur,
Et vous obéirait, s'il avait moins de cœur.
Commandez que son bras, nourri dans les alarmes[5],
Répare cette injure à la pointe des armes,
Il satisfera, Sire ; et vienne qui voudra,
Attendant qu'il l'ait su, voici qui[6] répondra.

DON FERNAND

Vous perdez le respect ; mais je pardonne à l'âge,
Et j'excuse l'ardeur en un jeune courage[7].
Un roi dont la prudence a de meilleurs objets

Notes

1. **malaisément** : difficilement.
2. **sitôt** : si vite.
3. **submissions** : excuses.
4. Présenter ses excuses est une honte aux yeux du Comte.
5. **nourri dans les alarmes** : formé dans les combats.
6. **voici qui** : voici ce qui (Don Sanche montre son épée).
7. **courage** : cœur.

Est meilleur ménager[1] du sang de ses sujets :
Je veille pour les miens, mes soucis les conservent,
Comme le chef[2] a soin des membres qui le servent.
Ainsi votre raison n'est pas raison pour moi :
Vous parlez en soldat; je dois agir en roi;
Et quoi qu'on veuille dire, et quoi qu'il ose croire,
Le Comte à m'obéir[3] ne peut perdre sa gloire.
D'ailleurs l'affront me touche : il a perdu d'honneur[4]
Celui que de mon fils j'ai fait le gouverneur;
S'attaquer à mon choix, c'est se prendre à moi-même,
Et faire un attentat sur le pouvoir suprême.
N'en parlons plus. Au reste, on a vu dix vaisseaux
De nos vieux ennemis arborer les drapeaux;
Vers la bouche du fleuve[5] ils ont osé paraître.

DON ARIAS

Les Mores ont appris par force à vous connaître,
Et tant de fois vaincus, ils ont perdu le cœur[6]
De se plus hasarder[7] contre un si grand vainqueur.

DON FERNAND

Ils ne verront jamais sans quelque jalousie
Mon sceptre, en dépit d'eux, régir l'Andalousie;
Et ce pays si beau, qu'ils ont trop possédé,
Avec un œil d'envie est toujours regardé.
C'est l'unique raison qui m'a fait dans Séville
Placer depuis dix ans le trône de Castille,
Pour les voir de plus près, et d'un ordre plus prompt[8]
Renverser aussitôt ce qu'ils entreprendront.

Notes

1. **meilleur ménager** : plus économe.
2. **le chef** : la tête.
3. **à m'obéir** : en m'obéissant.
4. **a perdu d'honneur** : a déshonoré.
5. **la bouche du fleuve** : l'embouchure du fleuve Guadalquivir.
6. **cœur** : courage.
7. **se plus hasarder** : prendre de nouveaux risques.
8. **d'un ordre plus prompt** : par une réaction rapide.

Don Arias

Ils savent aux dépens de leurs plus dignes têtes[1]
Combien votre présence assure vos conquêtes :
Vous n'avez rien à craindre.

Don Fernand

Et rien à négliger :
Le trop de confiance attire le danger;
Et vous n'ignorez pas qu'avec fort peu de peine[2]
Un flux de pleine mer jusqu'ici[3] les amène.
Toutefois j'aurais tort de jeter dans les cœurs,
L'avis étant mal sûr[4], de paniques terreurs.
L'effet que produirait cette alarme inutile,
Dans la nuit qui survient troublerait trop la ville :
Faites doubler la garde aux murs et sur le port.
C'est assez pour ce soir.

SCÈNE 7

Don Fernand, Don Sanche, Don Alonse

Don Alonse

Sire, le Comte est mort.
Don Diègue, par son fils, a vengé son offense.

Don Fernand

Dès que j'ai su l'affront, j'ai prévu la vengeance;
Et j'ai voulu dès lors prévenir[5] ce malheur.

Don Alonse

Chimène à vos genoux apporte sa douleur;
Elle vient tout en pleurs vous demander justice.

Notes

1. **leurs plus dignes têtes** : leurs chefs et leurs rois.
2. **avec fort peu de peine** : très facilement.
3. **jusqu'ici** : jusqu'à Séville, située sur l'estuaire du Guadalquivir.
4. **L'avis étant mal sûr** : la nouvelle étant incertaine.
5. **prévenir** : empêcher.

DON FERNAND

Bien qu'à ses déplaisirs[1] mon âme compatisse,
Ce que le Comte a fait semble avoir mérité
Ce digne châtiment de sa témérité.
Quelque juste pourtant que puisse être sa peine[2],
Je ne puis sans regret perdre un tel capitaine.
Après un long service à mon État rendu,
Après son sang pour moi mille fois répandu,
À quelques sentiments que son orgueil m'oblige[3],
Sa perte m'affaiblit, et son trépas m'afflige[4].

SCÈNE 8

DON FERNAND, DON DIÈGUE, CHIMÈNE,
DON SANCHE, DON ARIAS, DON ALONSE

CHIMÈNE

Sire, Sire, justice!

DON DIÈGUE

Ah! Sire, écoutez-nous.

CHIMÈNE

Je me jette à vos pieds.

DON DIÈGUE

J'embrasse[5] vos genoux.

CHIMÈNE

Je demande justice.

DON DIÈGUE

Entendez ma défense.

Notes

1. **déplaisirs :** chagrin.
2. **sa peine :** la punition du Comte.
3. **À quelques [...] m'oblige :** bien que son orgueil ait provoqué ma colère.
4. **m'afflige :** m'attriste.
5. *Embrasser* signifie « entourer de ses bras ».

CHIMÈNE

D'un jeune audacieux punissez l'insolence :
Il a de votre sceptre[1] abattu le soutien,
Il a tué mon père.

DON DIÈGUE

Il a vengé le sien.

CHIMÈNE

Au sang de ses sujets un roi doit la justice.

DON DIÈGUE

Pour la juste vengeance il n'est point de supplice.

DON FERNAND

Levez-vous l'un et l'autre, et parlez à loisir.
Chimène, je prends part à votre déplaisir;
D'une égale douleur, je sens mon âme atteinte.

(À Don Diègue.)

Vous parlerez après, ne troublez pas sa plainte.

CHIMÈNE

Sire, mon père est mort; mes yeux ont vu son sang
Couler à gros bouillons de son généreux[2] flanc;
Ce sang qui tant de fois garantit vos murailles,
Ce sang qui tant de fois vous gagna des batailles,
Ce sang qui tout sorti fume encor de courroux[3]
De se voir répandu pour d'autres que pour vous,
Qu'au milieu des hasards[4] n'osait verser la guerre,
Rodrigue en votre cour vient d'en couvrir la terre.
J'ai couru sur le lieu, sans force et sans couleur :
Je l'ai trouvé sans vie. Excusez ma douleur,
Sire, la voix me manque à ce récit funeste;
Mes pleurs et mes soupirs vous diront mieux le reste.

Notes

1. **sceptre** : symbole du pouvoir royal, avec la couronne.
2. **généreux** : noble.
3. **courroux** : colère.
4. **hasards** : dangers.

DON FERNAND

Prends courage, ma fille, et sache qu'aujourd'hui
Ton roi te veut servir de père au lieu de lui.

CHIMÈNE

Sire, de trop d'honneur ma misère est suivie.
Je vous l'ai déjà dit, je l'ai trouvé sans vie ;
Son flanc était ouvert ; et pour mieux m'émouvoir,
Son sang sur la poussière écrivait mon devoir ;
Ou plutôt sa valeur en cet état réduite[1]
Me parlait par sa plaie, et hâtait ma poursuite[2] ;
Et pour se faire entendre au plus juste des rois,
Par cette triste bouche[3] elle empruntait ma voix.
Sire, ne souffrez pas[4] que sous votre puissance
Règne devant vos yeux une telle licence[5] ;
Que les plus valeureux, avec impunité[6],
Soient exposés aux coups de la témérité ;
Qu'un jeune audacieux triomphe de leur gloire,
Se baigne dans leur sang, et brave leur mémoire.
Un si vaillant guerrier qu'on vient de vous ravir
Éteint, s'il n'est vengé, l'ardeur de vous servir.
Enfin mon père est mort, j'en demande vengeance,
Plus pour votre intérêt que pour mon allégeance[7].
Vous perdez en la mort d'un homme de son rang :
Vengez-la par une autre, et le sang par le sang.
Immolez[8], non à moi, mais à votre couronne,
Mais à votre grandeur, mais à votre personne,
Immolez, dis-je, Sire, au bien de tout l'État
Tout ce[9] qu'enorgueillit un si haut attentat.

Notes

1. **en cet état réduite** : anéantie par la mort.
2. **hâtait ma poursuite** : me pressait de poursuivre son meurtrier.
3. **cette triste bouche** : la plaie.
4. **ne souffrez pas** : ne tolérez pas.
5. **licence** : mépris des lois.
6. **avec impunité** : à cause de l'absence de punition.
7. **allégeance** : apaisement, consolation.
8. **Immolez** : sacrifiez.
9. **Tout ce** : don Diègue et son fils.

DON FERNAND

Don Diègue, répondez.

DON DIÈGUE

Qu'on est digne d'envie
Lorsqu'en perdant la force on perd aussi la vie,
Et qu'un long âge[1] apprête[2] aux hommes généreux,
Au bout de leur carrière[3], un destin malheureux!
Moi, dont les longs travaux ont acquis tant de gloire,
Moi, que jadis partout a suivi la victoire,
Je me vois aujourd'hui, pour avoir trop vécu,
Recevoir un affront et demeurer vaincu.
Ce que n'a pu jamais combat, siège, embuscade,
Ce que n'a pu jamais Aragon ni Grenade,
Ni tous vos ennemis, ni tous mes envieux,
Le Comte en votre cour l'a fait presque à vos yeux,
Jaloux de votre choix, et fier de l'avantage
Que lui donnait sur moi l'impuissance de l'âge.
Sire, ainsi ces cheveux blanchis sous le harnois[4],
Ce sang pour vous servir prodigué[5] tant de fois,
Ce bras, jadis l'effroi d'une armée ennemie,
Descendaient au tombeau tout chargés d'infamie,
Si je n'eusse produit un fils digne de moi,
Digne de son pays et digne de son roi.
Il m'a prêté sa main, il a tué le Comte;
Il m'a rendu l'honneur, il a lavé ma honte.
Si montrer du courage et du ressentiment[6],
Si venger un soufflet mérite un châtiment,
Sur moi seul doit tomber l'éclat de la tempête :
Quand le bras a failli[7], l'on en punit la tête.

Notes

1. **un long âge** : une longue vie.
2. **apprête** : prépare.
3. **carrière** : vie.
4. **sous le harnois** : sous l'armure, à la guerre.
5. **prodigué** : répandu.
6. **ressentiment** : fait de ressentir la douleur.
7. **a failli** : a fait une faute.

Qu'on nomme crime, ou non, ce qui fait nos débats,
Sire, j'en suis la tête, il n'en est que le bras.
Si Chimène se plaint qu'il a tué son père,
Il ne l'eût jamais fait si je l'eusse pu faire.
Immolez donc ce chef que les ans vont ravir[1],
Et conservez pour vous le bras qui peut servir.
Aux dépens de mon sang satisfaites Chimène :
Je n'y résiste point, je consens à ma peine;
Et loin de murmurer d'un rigoureux décret[2],
Mourant sans déshonneur, je mourrai sans regret.

DON FERNAND

L'affaire est d'importance, et, bien considérée,
Mérite en plein conseil d'être délibérée.
Don Sanche, remettez Chimène en sa maison.
Don Diègue aura ma cour et sa foi[3] pour prison.
Qu'on me cherche son fils. Je vous ferai justice.

CHIMÈNE

Il est juste, grand Roi, qu'un meurtrier périsse.

DON FERNAND

Prends du repos, ma fille, et calme tes douleurs.

CHIMÈNE

M'ordonner du repos, c'est croître[4] mes malheurs.

Notes

1. **ce chef que les ans vont ravir** : cette tête que la mort va emporter.
2. **murmurer d'un rigoureux décret** : protester contre un verdict sévère.
3. **sa foi** : sa promesse de ne pas fuir.
4. **croître** : augmenter.

La mort du Comte : récit et plaidoyer

Questions sur la scène 8 de l'acte II (v. 659, p. 50, à v. 696, p. 51)

Que s'est-il passé entre-temps ?

1. De quelle mission Don Diègue a-t-il chargé son fils Rodrigue (acte I) ?

2. Pourquoi a-t-il été difficile à Rodrigue de l'accepter (acte I) ? À quel conflit de valeurs s'est-il heurté ?

3. Pourquoi le duel donne-t-il de l'espoir à l'Infante (acte II) ?

4. Quel danger, très important pour la suite de l'action, le roi Don Fernand redoute-t-il (acte II) ?

Avez-vous bien lu ?

5. De quel événement Chimène fait-elle le récit ?

6. Dans cet extrait, que réclame Chimène au roi ? Relevez les 2 vers où elle formule clairement sa demande.

7. Par quel argument* principal Chimène justifie-t-elle sa demande ?

*** *argument* : raison qui justifie une idée.**

Étudier les personnages

8. Quel portrait Chimène fait-elle de son père ? Relevez l'anaphore* dans sa 1re tirade.

9. Quel regard Chimène porte-t-elle sur Rodrigue ? Relevez une périphrase* qui le désigne et un nom commun qui désigne l'acte qu'il vient de commettre ?

*** *anaphore* : répétition d'un ou plusieurs mots en début de vers.**

*** *périphrase* : utilisation de plusieurs mots au lieu d'un seul pour désigner quelqu'un.**

10 Quelle image du roi cet extrait donne-t-il ? Répondez en cochant chaque bonne réponse.

a) Chimène s'adresse à lui avec respect. ❑ Vrai ❑ Faux

b) Le roi est un chef de guerre. ❑ Vrai ❑ Faux

c) Il refuse d'écouter Chimène. ❑ Vrai ❑ Faux

d) Le roi incarne l'État, l'autorité. ❑ Vrai ❑ Faux

e) Le roi est servi par des hommes prêts à mourir pour lui et pour l'État. ❑ Vrai ❑ Faux

f) Chimène met en valeur la puissance du roi. ❑ Vrai ❑ Faux

11 Quels sentiments éprouve Chimène après le meurtre de son père ? Relevez les mots qui les désignent.

12 De quelles manières, pourtant, cette jeune fille endeuillée fait-elle avancer l'action ?

Étudier le langage théâtral et le registre pathétique

13 Relevez, dans l'extrait, tous les mots (noms, verbes, adjectifs) et expressions qui sont liés à la mort.

14 Vous paraît-il vraisemblable* que Chimène puisse parler au roi comme elle le fait ? Pourquoi, à votre avis ?

15 Par quels procédés oratoires* Chimène rend-elle ses 2 tirades pathétiques* ?

16 Repérez une didascalie interne* qui complète les sentiments de Chimène. À votre avis, quels langages différents le théâtre utilise-t-il ?

*** *vraisemblable* : conforme à ce qui peut se passer.**

*** *procédés oratoires* : procédés d'expression utilisés pour produire de l'effet.**

*** *tirades pathétiques* : longues répliques qui créent une émotion douloureuse.**

*** *didascalie interne* : indication de mise en scène fournie par un personnage dans ses propos.**

Étudier le discours judiciaire

Le discours judiciaire

Le discours judiciaire est un discours prononcé en justice dans le but de **convaincre**.
Dans un procès :
– le **plaidoyer** est un discours visant à défendre ;
– le **réquisitoire** est un discours visant à accuser et à réclamer une peine.

17 Reliez les éléments ou personnages de l'extrait à leur fonction dans une scène de procès.

Rodrigue •	• Chef d'accusation
Palais du roi •	• Avocat(e)
Assassinat •	• Accusé
Le roi •	• Élément de plaidoyer en faveur du Comte
Chimène •	• Victime
Vers 687 •	• Tribunal
Le Comte •	• Élément de réquisitoire
Vers 689 •	• Juge

À vos plumes !

18 Rédigez un article de presse de quelques lignes qui, tout en gardant les éléments donnés par le texte de Corneille, fasse le récit de la mort du Comte lors d'une bataille entre deux bandes rivales. Vous réutiliserez le vocabulaire de la mort et ferez, contrairement à Chimène, un compte rendu objectif et dénué de sentiments.

Lire l'image

19 La photographie de mise en scène reproduite au verso de la couverture (document 1) vous paraît-elle fidèle à l'extrait que vous avez lu ? Justifiez votre réponse.

Acte III

SCÈNE 1

DON RODRIGUE, ELVIRE

(Chez Chimène.)

ELVIRE

Rodrigue, qu'as-tu fait ? où viens-tu, misérable ?

DON RODRIGUE

Suivre le triste cours de mon sort déplorable.

ELVIRE

Où prends-tu cette audace et ce nouvel orgueil,
De paraître en des lieux que tu remplis de deuil ?
Quoi ? viens-tu jusqu'ici braver[1] l'ombre du Comte ?
Ne l'as-tu pas tué ?

DON RODRIGUE

Sa vie était ma honte :
Mon honneur de ma main a voulu cet effort.

ELVIRE

Mais chercher ton asile en la maison du mort !
Jamais un meurtrier en fit-il son refuge ?

Note

1. **braver** : provoquer.

DON RODRIGUE

Et je n'y viens aussi que m'offrir[1] à mon juge.
Ne me regarde plus d'un visage étonné ;
Je cherche le trépas[2] après l'avoir donné.
Mon juge est mon amour, mon juge est ma Chimène :
Je mérite la mort de mériter sa haine,
Et j'en viens recevoir, comme un bien souverain,
Et l'arrêt de sa bouche[3], et le coup de sa main.

ELVIRE

Fuis plutôt de[4] ses yeux, fuis de sa violence ;
À ses premiers transports[5] dérobe ta présence :
Va, ne t'expose point aux premiers mouvements
Que poussera[6] l'ardeur de ses ressentiments.

DON RODRIGUE

Non, non, ce cher objet[7] à qui j'ai pu déplaire
Ne peut pour mon supplice avoir trop de colère
Et j'évite cent morts[8] qui me vont accabler,
Si pour mourir plus tôt je puis la redoubler[9].

ELVIRE

Chimène est au palais, de pleurs toute baignée,
Et n'en reviendra point que bien accompagnée.
Rodrigue, fuis, de grâce : ôte-moi de souci[10].
Que ne dira-t-on point si l'on te voit ici ?
Veux-tu qu'un médisant, pour comble à sa misère,
L'accuse d'y souffrir l'assassin de son père ?

Notes

1. **que m'offrir** : que pour m'offrir.
2. **trépas** : mort.
3. **l'arrêt de sa bouche** : ma condamnation par elle.
4. **Fuis plutôt de** : fuis loin de.
5. **transports** : colère.
6. **poussera** : provoquera.
7. **objet** : personne aimée, dans le vocabulaire amoureux.
8. **cent morts** : les souffrances.
9. **la redoubler** : redoubler sa colère.
10. **ôte-moi de souci** : délivre-moi de ce souci.

Elle va revenir; elle vient; je la voi[1] :
Du moins, pour son honneur, Rodrigue, cache-toi.

SCÈNE 2

DON SANCHE, CHIMÈNE, ELVIRE

DON SANCHE

Oui, Madame, il vous faut de sanglantes victimes :
Votre colère est juste, et vos pleurs légitimes,
Et je n'entreprends pas, à force de parler,
Ni de vous adoucir, ni de vous consoler.
Mais si de vous servir je puis être capable,
Employez mon épée à punir le coupable;
Employez mon amour à venger cette mort :
Sous vos commandements mon bras sera trop[2] fort.

CHIMÈNE

Malheureuse!

DON SANCHE

De grâce, acceptez mon service.

CHIMÈNE

J'offenserais le Roi, qui m'a promis justice.

DON SANCHE

Vous savez qu'elle[3] marche avec tant de langueur[4],
Qu'assez souvent le crime échappe à sa longueur;
Son cours lent et douteux fait trop perdre de larmes.
Souffrez qu'un cavalier[5] vous venge par les armes :
La voie en est plus sûre, et plus prompte à punir.

Notes

1. **voi** : vois (orthographe autorisée en poésie).
2. **trop** : très.
3. **elle** : la justice.
4. **langueur** : lenteur.
5. **cavalier** : gentilhomme, chevalier.

CHIMÈNE
C'est le dernier remède ; et s'il y faut venir,
Et que de mes malheurs cette pitié vous dure[1],
Vous serez libre alors de venger mon injure[2].

DON SANCHE
C'est l'unique bonheur où[3] mon âme prétend ;
Et pouvant l'espérer, je m'en vais trop content[4].

SCÈNE 3

CHIMÈNE, ELVIRE

CHIMÈNE
Enfin, je me vois libre, et je puis sans contrainte
De mes vives douleurs te faire voir l'atteinte ;
Je puis donner passage à mes tristes soupirs ;
Je puis t'ouvrir mon âme et tous mes déplaisirs.
Mon père est mort, Elvire ; et la première épée
Dont s'est armé Rodrigue a sa trame coupée[5].
Pleurez, pleurez, mes yeux, et fondez-vous en eau !
La moitié de ma vie[6] a mis l'autre[7] au tombeau,
Et m'oblige à venger, après ce coup funeste,
Celle que je n'ai plus sur celle qui me reste.

ELVIRE
Reposez-vous[8], Madame.

Notes

1. **Et que de [...] vous dure** : et si vous avez toujours pitié de mes malheurs.
2. **mon injure** : l'offense que l'on m'a faite.
3. **où** : auquel.
4. **trop content** : très heureux.
5. **a sa trame coupée** : a mis fin à ses jours (image traditionnelle qui compare la vie à la trame d'un tissu).
6. **La moitié de ma vie** : Rodrigue.
7. **l'autre** : mon père.
8. **Reposez-vous** : calmez-vous.

CHIMÈNE

Ah! que mal à propos
Dans un malheur si grand tu parles de repos!
Par où[1] sera jamais ma douleur apaisée,
Si je ne puis haïr la main qui l'a causée?
Et que dois-je espérer qu'un[2] tourment éternel,
Si je poursuis un crime, aimant le criminel?

ELVIRE

Il vous prive d'un père, et vous l'aimez encore!

CHIMÈNE

C'est peu de dire aimer, Elvire : je l'adore;
Ma passion s'oppose à mon ressentiment;
Dedans[3] mon ennemi je trouve mon amant;
Et je sens qu'en dépit de toute ma colère,
Rodrigue dans mon cœur combat encor mon père :
Il l'attaque, il le presse, il cède, il se défend,
Tantôt fort, tantôt faible, et tantôt triomphant;
Mais en ce dur combat de colère et de flamme[4],
Il déchire mon cœur, sans partager mon âme[5];
Et quoi que mon amour ait sur moi de pouvoir[6],
Je ne consulte point[7] pour suivre mon devoir :
Je cours sans balancer[8] où mon honneur m'oblige[9].
Rodrigue m'est bien cher, son intérêt[10] m'afflige,
Mon cœur prend son parti; mais malgré son effort,
Je sais ce que je suis, et que mon père est mort.

Notes

1. Par où : comment.
2. qu'un : sinon un.
3. Dedans : dans.
4. en ce dur [...] flamme : dans la lutte entre la colère et l'amour.
5. sans partager mon âme : sans affaiblir ma volonté.
6. quoi que [...] pouvoir : quel que soit le pouvoir de mon amour.
7. Je ne consulte point : je n'hésite pas.
8. sans balancer : sans hésiter.
9. m'oblige : m'engage.
10. son intérêt : la passion que j'ai pour lui.

ELVIRE

Pensez-vous le poursuivre[1] ?

CHIMÈNE

Ah ! cruelle pensée !
Et cruelle poursuite où je me vois forcée !
Je demande sa tête, et crains de l'obtenir :
Ma mort suivra la sienne, et je le veux punir !

ELVIRE

Quittez, quittez, Madame, un dessein[2] si tragique ;
Ne vous imposez point de loi si tyrannique.

CHIMÈNE

Quoi ! mon père étant mort, et presque entre mes bras,
Son sang criera vengeance, et je ne l'orrai[3] pas !
Mon cœur, honteusement surpris par d'autres charmes,
Croira ne lui devoir que d'impuissantes larmes !
Et je pourrai souffrir qu'un amour suborneur[4]
Sous un lâche silence étouffe mon honneur !

ELVIRE

Madame, croyez-moi, vous serez excusable
D'avoir moins de chaleur[5] contre un objet[6] aimable,
Contre un amant si cher : vous avez assez fait,
Vous avez vu le Roi ; n'en pressez point l'effet,
Ne vous obstinez point en cette humeur étrange[7].

CHIMÈNE

Il y va de ma gloire, il faut que je me venge ;
Et de quoi que nous flatte un désir amoureux,
Toute excuse est honteuse aux esprits généreux[8].

Notes

1. **le poursuivre** : vous venger.
2. **dessein** : projet.
3. **l'orrai** : l'entendrai (futur du verbe *ouïr*).
4. **suborneur** : qui détourne du droit chemin.
5. **chaleur** : rancune.
6. **objet** : personne aimée.
7. **étrange** : excessive.
8. **généreux** : nobles, ayant le sens de l'honneur.

ELVIRE

Mais vous aimez Rodrigue, il ne vous peut déplaire.

CHIMÈNE

Je l'avoue.

ELVIRE

Après tout[1], que pensez-vous donc faire ?

CHIMÈNE

Pour conserver ma gloire et finir mon ennui[2],
Le poursuivre, le perdre[3], et mourir après lui.

La comédienne Rachel (1821-1858) dans le rôle de Chimène.

Notes

1. **Après tout :** en fin de compte.

2. **finir mon ennui :** mettre fin à mon désespoir.

3. **le perdre :** causer sa perte.

Le conflit intérieur de Chimène

Questions sur la scène 3 de l'acte III (pp. 60 à 63)

Que s'est-il passé entre-temps ?

1. Qu'a demandé Don Diègue au roi à la fin de la scène 8 de l'acte II ? Pour quelles raisons ?

2. Pourquoi Rodrigue s'est-il rendu chez Chimène ? Qu'est-il venu lui demander ?

3. Comment Don Sanche essaie-t-il de tirer profit de la situation ?

Avez-vous bien lu ?

4. Quelle information importante concernant ses sentiments Chimène donne-t-elle à Elvire et, par la même occasion, au spectateur ?

5. Sur quel paradoxe* repose le conflit intérieur de Chimène ? Relevez, dans sa 2e ou sa 3e réplique, le vers qui le formule.

*** *paradoxe* : idée contraire à ce que l'opinion commune pense.**

6. Quel est le projet de Chimène pour résoudre ce paradoxe ? Relevez 2 vers qui le formulent clairement.

Chimène : une héroïne amoureuse

7. Relevez les expressions qui, dans la 1re réplique (v. 793 à 802), montrent que Chimène peut, maintenant, exprimer librement ses sentiments.

8. Relevez le champ lexical* de l'amour dans les 3 premières répliques de Chimène (v. 793 à 824). Classez, ensuite, ces mots et expressions en 3 groupes selon leur intensité : amour modéré ou débutant, amour fort, amour proche de l'excès.

*** *champ lexical* : ensemble de mots se rapportant à un même thème.**

9 Quel est le rôle des interventions successives d'Elvire ?

Étudier le registre élégiaque*

10 Relevez les mots par lesquels Chimène exprime sa plainte, en les classant selon leur classe grammaticale (noms communs, adjectifs, verbes).

*** *registre élégiaque* : registre de la plainte.**

11 Montrez que cette douleur s'exprime aussi physiquement. Qu'est-ce que cela implique en matière de mise en scène ?

Étudier le registre tragique

Le genre et le registre tragiques

- Le tragique se caractérise par des personnages qui sont les victimes impuissantes d'un destin qui les dépasse.
- La tragédie est le genre théâtral qui met en scène ces situations.
- Le registre tragique peut se trouver dans d'autres genres, mais il reprend les caractéristiques et le langage de la tragédie.

12 Chimène est-elle responsable de ce qui lui arrive ? Justifiez votre réponse.

13 Reformulez, avec vos propres mots, le dilemme* auquel Chimène se trouve confrontée ?

*** *dilemme* : choix impossible entre 2 mauvaises solutions, qui caractérise la tragédie cornélienne.**

14 Relevez le champ lexical de la contrainte. Chimène a-t-elle le choix de pardonner à Rodrigue ? Quelle valeur doit-elle faire triompher ?

15 À quel moment Elvire qualifie-t-elle très exactement la situation de Chimène ?

16 Pourquoi la mort est-elle la seule manière, pour Chimène, de dépasser ce dilemme ? Aidez-vous des vers 831 à 844 pour répondre.

À vos plumes !

17 En vous servant du vocabulaire relevé à la question 8, rédigez la lettre que Chimène écrit à Rodrigue pour lui rappeler leurs sentiments réciproques et faire ainsi apparaître l'horreur de son crime.

Expression orale

18 À la place de Chimène, que choisiriez-vous : l'honneur ou l'amour ? Organisez, en classe, un débat dans lequel certains d'entre vous défendront, en argumentant, le choix de l'honneur et d'autres celui de l'amour.

Lire l'image

19 Quels éléments du tableau reproduit ci-contre pouvez-vous mettre en relation avec les devoirs et le destin de Chimène et de Rodrigue, jeunes gens de la haute noblesse espagnole ?

Manuel Osorio Manrique de Zuñiga (1784-1792)
de Francisco de Goya (vers 1787-1792).
Il s'agit du fils du comte et de la comtesse d'Altamira (Espagne), mort à l'âge de 8 ans.

Manon Gilbert (Chimène) et Kamel Isker (Don Rodrigue)
dans la mise en scène du *Cid* par Jean-Philippe Daguerre en 2016.

SCÈNE 4

DON RODRIGUE, CHIMÈNE, ELVIRE

DON RODRIGUE

Eh bien ! sans vous donner la peine de poursuivre,
Assurez-vous l'honneur de m'empêcher de vivre.

CHIMÈNE

Elvire, où sommes-nous, et qu'est-ce que je voi[1] ?
Rodrigue en ma maison ! Rodrigue devant moi !

DON RODRIGUE

N'épargnez point mon sang : goûtez sans résistance
La douceur de ma perte et de votre vengeance.

CHIMÈNE

Hélas !

DON RODRIGUE

Écoute-moi.

CHIMÈNE

Je me meurs.

DON RODRIGUE

Un moment.

CHIMÈNE

Va, laisse-moi mourir.

DON RODRIGUE

Quatre mots seulement :
Après ne me réponds qu'avecque[2] cette épée.

CHIMÈNE

Quoi ! du sang de mon père encor toute trempée !

DON RODRIGUE

Ma Chimène...

Notes

1. **voi** : vois (orthographe admise en poésie).

2. **avecque** : orthographe ancienne de *avec*.

CHIMÈNE

Ôte-moi cet objet odieux,
Qui reproche ton crime et ta vie à mes yeux.

DON RODRIGUE

Regarde-le plutôt pour exciter ta haine,
Pour croître[1] ta colère, et pour hâter ma peine[2].

CHIMÈNE

Il est teint de mon sang.

DON RODRIGUE

Plonge-le dans le mien,
Et fais-lui perdre ainsi la teinture du tien.

CHIMÈNE

Ah ! quelle cruauté, qui tout en un jour[3] tue
Le père par le fer, la fille par la vue !
Ôte-moi cet objet, je ne le puis souffrir :
Tu veux que je t'écoute, et tu me fais mourir !

DON RODRIGUE

Je fais ce que tu veux, mais sans quitter l'envie
De finir par tes mains ma déplorable vie ;
Car enfin n'attends pas de mon affection
Un lâche repentir d'une bonne action.
L'irréparable effet d'une chaleur trop prompte[4]
Déshonorait mon père, et me couvrait de honte.
Tu sais comme un soufflet touche un homme de cœur ;
J'avais part à l'affront, j'en ai cherché l'auteur :
Je l'ai vu, j'ai vengé mon honneur et mon père ;
Je le ferais encor, si j'avais à le faire.
Ce n'est pas qu'en effet[5] contre mon père et moi
Ma flamme[6] assez longtemps n'ait combattu pour toi ;

Notes

1. **croître** : augmenter.
2. **peine** : châtiment.
3. **tout en un jour** : en un seul jour.
4. **une chaleur trop prompte** : la colère du Comte.
5. **en effet** : en réalité.
6. **flamme** : amour.

Juge de son pouvoir : dans une telle offense,
J'ai pu délibérer[1] si j'en prendrais vengeance.
Réduit à te déplaire, ou souffrir un affront,
J'ai pensé qu'à son tour mon bras était trop prompt;
Je me suis accusé de trop de violence;
Et ta beauté sans doute emportait la balance[2],
À moins que d'opposer à tes plus forts appas[3]
Qu'un homme sans honneur ne te méritait pas;
Que malgré cette part que j'avais en ton âme[4],
Qui m'aima généreux[5] me haïrait infâme[6];
Qu'écouter ton amour, obéir à sa voix,
C'était m'en rendre indigne et diffamer[7] ton choix.
Je te le dis encore; et quoique j'en soupire,
Jusqu'au dernier soupir je veux bien[8] le redire :
Je t'ai fait une offense, et j'ai dû m'y porter[9]
Pour effacer ma honte, et pour te mériter;
Mais quitte[10] envers l'honneur, et quitte envers mon père,
C'est maintenant à toi que je viens satisfaire[11].
C'est pour t'offrir mon sang qu'en ce lieu tu me vois.
J'ai fait ce que j'ai dû, je fais ce que je dois.
Je sais qu'un père mort t'arme contre mon crime;
Je ne t'ai pas voulu dérober ta victime :
Immole[12] avec courage au sang qu'il a perdu
Celui qui met sa gloire à l'avoir répandu.

CHIMÈNE

Ah! Rodrigue, il est vrai, quoique ton ennemie,
Je ne puis te blâmer d'avoir fui l'infamie;

Notes

1. **délibérer** : réfléchir et hésiter.
2. **ta beauté [...] la balance** : ta beauté l'aurait sûrement emporté.
3. **appas** : charmes.
4. **malgré [...] ton âme** : malgré ton amour pour moi.
5. **généreux** : noble et courageux.
6. **infâme** : déshonoré par lâcheté.
7. **diffamer** : dévaloriser.
8. **bien** : avec insistance.
9. **m'y porter** : m'y résoudre.
10. **quitte** : délivré du devoir.
11. **satisfaire** : offrir la vengeance.
12. **Immole** : sacrifie.

Et de quelque façon qu'éclatent mes douleurs,
Je ne t'accuse point, je pleure mes malheurs.
Je sais ce que l'honneur, après un tel outrage,
Demandait à l'ardeur d'un généreux courage :
Tu n'as fait le devoir que d'un homme de bien[1] ;
Mais aussi, le faisant, tu m'as appris le mien.
Ta funeste valeur m'instruit par ta victoire ;
Elle a vengé ton père et soutenu ta gloire :
Même soin me regarde[2], et j'ai, pour m'affliger,
Ma gloire à soutenir et mon père à venger.
Hélas ! ton intérêt[3] ici me désespère :
Si quelque autre malheur m'avait ravi mon père,
Mon âme aurait trouvé dans le bien[4] de te voir
L'unique allégement[5] qu'elle eût pu recevoir ;
Et contre ma douleur j'aurais senti des charmes,
Quand une main si chère eût essuyé mes larmes.
Mais il me faut te perdre après l'avoir perdu ;
Cet effort sur ma flamme à mon honneur est dû ;
Et cet affreux devoir, dont l'ordre m'assassine,
Me force à travailler moi-même à ta ruine.
Car enfin n'attends pas de mon affection
De lâches sentiments pour ta punition[6].
De quoi qu'en ta faveur notre amour m'entretienne[7],
Ma générosité[8] doit répondre à la tienne :
Tu t'es, en m'offensant, montré digne de moi ;
Je me dois, par ta mort, montrer digne de toi.

Notes

1. **un homme de bien** : un homme d'honneur.
2. **Même soin me regarde** : j'ai la même obligation.
3. **ton intérêt** : l'amour que j'ai pour toi.
4. **bien** : bonheur.
5. **allégement** : consolation.
6. **Car enfin [...] ta punition** : reprise des vers 871-872.
7. **De quoi [...] m'entretienne** : bien que notre amour plaide pour toi.
8. **générosité** : grandeur d'âme, courage.

DON RODRIGUE

Ne diffère[1] donc plus ce que l'honneur t'ordonne :
Il demande ma tête, et je te l'abandonne ;
Fais-en un sacrifice à ce noble intérêt[2].
Le coup m'en sera doux, aussi bien que l'arrêt[3].
Attendre après mon crime une lente justice,
C'est reculer ta gloire autant que mon supplice.
Je mourrai trop heureux, mourant d'un coup si beau.

CHIMÈNE

Va, je suis ta partie[4], et non pas ton bourreau.
Si tu m'offres ta tête, est-ce à moi de la prendre ?
Je la dois attaquer, mais tu dois la défendre ;
C'est d'un autre que toi qu'il me faut l'obtenir,
Et je dois te poursuivre, et non pas te punir.

DON RODRIGUE

De quoi qu'en ma faveur notre amour t'entretienne,
Ta générosité doit répondre à la mienne[5] ;
Et pour venger un père emprunter d'autres bras,
Ma Chimène, crois-moi, c'est n'y répondre pas.
Ma main seule du mien[6] a su venger l'offense,
Ta main seule du tien doit prendre la vengeance.

CHIMÈNE

Cruel ! à quel propos sur ce point t'obstiner ?
Tu t'es vengé sans aide, et tu m'en veux donner[7] !
Je suivrai ton exemple[8], et j'ai trop de courage
Pour souffrir qu'avec toi ma gloire se partage.

Notes

1. **Ne diffère :** ne retarde.
2. **ce noble intérêt :** l'honneur.
3. **arrêt :** verdict.
4. **ta partie :** ton adversaire en justice.
5. **De quoi [...] mienne :** reprise, presque à l'identique, des vers 929-930.
6. **du mien :** de mon père.
7. **tu m'en veux donner :** tu veux me donner de l'aide. Chimène parle de l'insistance de Rodrigue à s'offrir en sacrifice.
8. Chimène prétend vouloir se venger par ses propres moyens.

Don Rodrigue présentant son épée à Chimène
pour lui permettre d'assouvir sa vengeance,
gravure d'après un dessin de Moreau le Jeune (XVIIIe siècle).

Mon père et mon honneur ne veulent rien devoir
Aux traits de ton amour ni de ton désespoir.

DON RODRIGUE

Rigoureux point d'honneur ! hélas ! quoi que je fasse,
Ne pourrai-je à la fin obtenir cette grâce ?
Au nom d'un père mort, ou de notre amitié[1],
Punis-moi par vengeance, ou du moins par pitié.
Ton malheureux amant aura bien moins de peine
À mourir par ta main qu'à vivre avec ta haine.

CHIMÈNE

Va, je ne te hais point.

DON RODRIGUE

Tu le dois.

CHIMÈNE

Je ne puis.

DON RODRIGUE

Crains-tu si peu le blâme, et si peu les faux bruits[2] ?
Quand on saura mon crime, et que ta flamme dure,
Que ne publieront point l'envie et l'imposture[3] !
Force-les au silence, et, sans plus discourir[4],
Sauve ta renommée en me faisant mourir.

CHIMÈNE

Elle éclate bien mieux en te laissant la vie ;
Et je veux que la voix de la plus noire envie
Élève au ciel ma gloire et plaigne mes ennuis,
Sachant que je t'adore et que je te poursuis.
Va-t'en, ne montre plus à ma douleur extrême
Ce qu'il faut que je perde[5], encore que je l'aime.

Notes

1. **amitié** : amour.
2. **faux bruits** : rumeurs.
3. **Que ne [...] l'imposture** : que ne déclareront pas les envieux et les calomniateurs !
4. **discourir** : raisonner.
5. **ce qu'il faut que je perde** : Rodrigue lui-même.

Dans l'ombre de la nuit cache bien ton départ :
Si l'on te voit sortir, mon honneur court hasard[1].
La seule occasion[2] qu'aura la médisance,
C'est de savoir qu'ici j'ai souffert ta présence :
Ne lui donne point lieu[3] d'attaquer ma vertu.

DON RODRIGUE

Que je meure !

CHIMÈNE

Va-t'en.

DON RODRIGUE

À quoi te résous-tu[4] ?

CHIMÈNE

Malgré des feux si beaux[5], qui troublent ma colère,
Je ferai mon possible à[6] bien venger mon père ;
Mais malgré la rigueur d'un si cruel devoir,
Mon unique souhait est de ne rien pouvoir.

DON RODRIGUE

Ô miracle d'amour !

CHIMÈNE

Ô comble de misères !

DON RODRIGUE

Que de maux et de pleurs nous coûteront nos pères !

CHIMÈNE

Rodrigue, qui l'eût cru ?

DON RODRIGUE

Chimène, qui l'eût dit ?

CHIMÈNE

Que notre heur[7] fût si proche et sitôt se perdît ?

Notes

1. **court hasard** : est en danger.
2. **La seule occasion** : le seul motif.
3. **lieu** : de raison.
4. **À quoi te résous-tu ?** : que décides-tu ?
5. **des feux si beaux** : une aussi grande passion.
6. **à** : pour.
7. **heur** : bonheur.

DON RODRIGUE

Et que si près du port, contre toute apparence[1],
Un orage si prompt brisât notre espérance ?

CHIMÈNE

Ah ! mortelles douleurs !

DON RODRIGUE

Ah ! regrets superflus !

CHIMÈNE

Va-t'en, encore un coup[2] je ne t'écoute plus.

DON RODRIGUE

Adieu : je vais traîner une mourante vie,
Tant que[3] par ta poursuite elle me soit ravie.

CHIMÈNE

Si j'en obtiens l'effet, je t'engage ma foi[4]
De ne respirer pas un moment après toi.
Adieu : sors, et surtout garde bien qu'on te voie[5].

ELVIRE

Madame, quelques maux[6] que le ciel nous envoie...

CHIMÈNE

Ne m'importune plus, laisse-moi soupirer,
Je cherche le silence et la nuit pour pleurer.

Notes

1. **contre toute apparence** : de manière imprévisible.
2. **encore un coup** : encore une fois.
3. **Tant que** : jusqu'à ce que.
4. **je t'engage ma foi** : je te promets.
5. **garde bien qu'on te voie** : prends bien garde qu'on ne te voie.
6. **maux** : malheurs (pluriel de *mal*).

Du duel au duo amoureux

Questions sur la scène 4 de l'acte III (v. 933, p. 73, à v. 1000, p. 77)

Que s'est-il passé entre-temps ?

1. Où se trouvent Rodrigue et Chimène dans l'acte III ?
2. De quel objet important ont-ils parlé au début de la scène 4 ?
3. À propos de quelle action Rodrigue a-t-il dit, au vers 878 : « *Je le ferais encor, si j'avais à le faire* » ?
4. Avec quel argument Rodrigue a-t-il justifié son geste ? Chimène l'a-t-elle compris ?

Avez-vous bien lu ?

5. Que demande Rodrigue à Chimène ? Pour quelle(s) raison(s) refuse-t-elle ?
6. Pourquoi Chimène demande-t-elle à Rodrigue de partir ?
7. Quelle promesse Chimène fait-elle à Rodrigue à la fin de l'extrait ?

Scène 4 de l'acte III du *Cid*,
eau-forte de Félix-Joseph Barrias (XIXe siècle).

ÉTUDIER LE CONFLIT DE VALEURS

8 Complétez ces mots croisés à l'aide des définitions. Pour vous aider, nous vous indiquons le passage où chaque mot à deviner figure.

1. Ce qui contraint Rodrigue à tuer le Comte et Chimène à se venger (v. 933 à 939).
2. Adjectif qui qualifie le destin des héros (v. 951 à 956).
3. Sentiment des héros face à leur destin (v. 969 à 979).
4. Ce que veut faire Chimène (v. 945 à 950).
5. Le contraire de l'amour (v. 957 à 962).
6. Réputation (v. 933 à 939).
7. Qualité des 2 héros (v. 945 à 950).
8. Verbe qui exprime la passion (v. 969 à 979).

9 Parmi les mots trouvés, lesquels expriment des sentiments opposés ? lequel exprime l'effet de ce conflit sur les 2 jeunes gens ?

ÉTUDIER UN COUPLE HÉROÏQUE

10 Sur quel sujet les 2 héros ne sont-ils pas d'accord ? Qui l'emporte, selon vous ?

11 Le mot *«générosité»* (v. 946), qui qualifie tour à tour les 2 héros, a un sens différent de celui d'aujourd'hui. Cherchez son étymologie* afin de retrouver son sens au XVIIe siècle.

*** *étymologie* : origine d'un mot.**

12 Comment, dans cette scène, la jeune fille s'élève-t-elle au niveau de Rodrigue ? Répondez à cette question en indiquant si ces affirmations sont vraies ou fausses.

a) Chimène va tuer elle-même Rodrigue.	❑ Vrai	❑ Faux
b) Elle ne veut pas être moins courageuse que Rodrigue.	❑ Vrai	❑ Faux
c) Elle fera appel à la justice du roi pour ne rien céder à Rodrigue.	❑ Vrai	❑ Faux
d) Elle ne se soucie pas des commérages.	❑ Vrai	❑ Faux
e) Elle s'engage à ce que sa mort suive celle de Rodrigue.	❑ Vrai	❑ Faux
f) Elle obéit à Rodrigue.	❑ Vrai	❑ Faux

ÉTUDIER LE REGISTRE LYRIQUE*

13 Aux vers 933 à 939 et 945 à 950, quelle demande surprenante Rodrigue fait-il à Chimène ? Comment l'expliquer, selon vous ?

14 Relevez la célèbre litote* employée par Chimène pour avouer son amour ? Qu'est-ce qui justifie cet emploi ? Dans la réplique suivante (v. 969 à 979), relevez les 2 verbes qui ne laissent aucun doute sur les sentiments de Chimène à l'égard de Rodrigue.

*** *registre lyrique* : caractérise l'expression de sentiments personnels.**

*** *litote* : figure de style qui consiste à exprimer dans une tournure négative un sentiment ou une idée pour l'atténuer.**

15 Montrez que Chimène et Rodrigue forment un duo, presque au sens musical du terme, à la fin de la scène. Complétez ce tableau avec les répliques qui se font écho.

Rodrigue	Chimène
« Ô miracle d'amour » (v. 985)	....
....	*« Rodrigue, qui l'eût cru ? »* (v. 987)
....	*« Ah ! mortelles douleurs ! »* (v. 991)

16 Comment pouvez-vous mettre en relation la ponctuation utilisée, notamment, dans les vers 985 à 992 et le registre lyrique ?

17 Comment comprenez-vous la dernière réplique (v. 999-1000) de Chimène après qu'elle a tenu tête à Rodrigue ?

À VOS PLUMES !

18 À la fin de l'extrait, Elvire, qui a assisté à la scène, intervient mais est aussitôt interrompue par Chimène. Imaginez ce qu'elle lui aurait dit, si elle avait pu continuer.

LIRE L'IMAGE

19 La photographie de mise en scène reproduite au verso de la couverture (document 2) vous semble-t-elle bien illustrer ce qui se joue dans cette scène entre les 2 jeunes gens ?

SCÈNE 5

DON DIÈGUE

Jamais nous ne goûtons de parfaite allégresse :
Nos plus heureux succès sont mêlés de tristesse ;
Toujours quelques soucis en ces événements
Troublent la pureté de nos contentements.
Au milieu du bonheur mon âme en sent l'atteinte :
Je nage dans la joie, et je tremble de crainte.
J'ai vu mort l'ennemi qui m'avait outragé,
Et je ne saurais voir[1] la main qui m'a vengé.
En vain je m'y travaille[2], et d'un soin[3] inutile,
Tout cassé[4] que je suis, je cours toute la ville :
Ce peu que mes vieux ans m'ont laissé de vigueur
Se consume sans fruit[5] à chercher ce vainqueur.
À toute heure, en tous lieux, dans une nuit si sombre,
Je pense l'embrasser[6], et n'embrasse qu'une ombre ;
Et mon amour, déçu[7] par cet objet trompeur,
Se forme des soupçons[8] qui redoublent ma peur.
Je ne découvre point de marques de sa fuite ;
Je crains du Comte mort les amis et la suite ;
Leur nombre m'épouvante, et confond[9] ma raison.
Rodrigue ne vit plus, ou respire en prison.
Justes cieux ! me trompé-je encore à l'apparence,
Ou si[10] je vois enfin mon unique espérance ?
C'est lui, n'en doutons plus ; mes vœux sont exaucés,
Ma crainte est dissipée et mes ennuis cessés[11].

Notes

1. **je ne saurais voir** : je ne réussis pas à voir.
2. **En vain je m'y travaille** : je m'y efforce inutilement.
3. **soin** : peine.
4. **cassé** : épuisé.
5. **sans fruit** : vainement.
6. **l'embrasser** : le prendre dans mes bras.
7. **déçu** : trompé.
8. **soupçons** : craintes.
9. **confond** : trouble, bouleverse.
10. **Ou si** : ou est-ce que.
11. **cessés** : terminés.

SCÈNE 6

DON DIÈGUE, DON RODRIGUE

DON DIÈGUE

Rodrigue, enfin le Ciel permet que je te voie !

DON RODRIGUE

Hélas !

DON DIÈGUE

Ne mêle point de soupirs à ma joie ;
Laisse-moi prendre haleine afin de te louer[1].
Ma valeur n'a point lieu de te désavouer[2] :
Tu l'as bien imitée[3], et ton illustre audace
Fait bien revivre en toi les héros de ma race :
C'est d'eux que tu descends, c'est de moi que tu viens :
Ton premier coup d'épée égale tous les miens ;
Et d'une belle ardeur ta jeunesse animée
Par cette grande épreuve atteint[4] ma renommée.
Appui de ma vieillesse, et comble de mon heur[5],
Touche ces cheveux blancs à qui tu rends l'honneur,
Viens baiser cette joue, et reconnais la place
Où fut empreint l'affront[6] que ton courage efface.

DON RODRIGUE

L'honneur vous en est dû : je ne pouvais pas moins,
Étant sorti[7] de vous et nourri[8] par vos soins.
Je m'en tiens trop heureux, et mon âme est ravie
Que mon coup d'essai plaise à qui je dois la vie ;
Mais parmi vos plaisirs ne soyez point jaloux

Notes

1. **te louer** : chanter tes louanges, te glorifier.
2. **désavouer** : renier.
3. Tu l'as bien imitée ma valeur.
4. **atteint** : égale.
5. **heur** : bonheur.
6. **la place [...] l'affront** : la joue sur laquelle don Diègue avait reçu le soufflet.
7. **sorti** : né.
8. **nourri** : élevé.

Si je m'ose à mon tour satisfaire après vous[1].
Souffrez qu'en liberté mon désespoir éclate;
Assez et trop longtemps votre discours le flatte[2].
Je ne me repens point de vous avoir servi;
Mais rendez-moi le bien[3] que ce coup m'a ravi.
Mon bras, pour vous venger, armé contre ma flamme,
Par ce coup glorieux m'a privé de mon âme[4];
Ne me dites plus rien; pour vous j'ai tout perdu :
Ce que je vous devais, je vous l'ai bien rendu.

DON DIÈGUE

Porte, porte plus haut le fruit de ta victoire[5] :
Je t'ai donné la vie, et tu me rends ma gloire;
Et d'autant que l'honneur m'est plus cher que le jour,
D'autant plus maintenant je te dois de retour.
Mais d'un cœur magnanime[6] éloigne ces faiblesses;
Nous n'avons qu'un honneur, il est tant de maîtresses!
L'amour n'est qu'un plaisir, l'honneur est un devoir.

DON RODRIGUE

Ah! que me dites-vous?

DON DIÈGUE

Ce que tu dois savoir.

DON RODRIGUE

Mon honneur offensé sur moi-même se venge[7],
Et vous m'osez pousser à la honte du change[8]!
L'infamie est pareille, et suit également[9]

Notes

1. **Si je m'ose [...] vous :** si j'ose me satisfaire après vous avoir rendu service.
2. **votre discours le flatte :** vos propos trompent mon désespoir.
3. **le bien :** l'amour de Chimène.
4. **mon âme :** dans le vocabulaire amoureux, personne aimée.
5. **Porte [...] victoire :** montre-toi plus fier de ta victoire.
6. **magnanime :** héroïque, généreux.
7. En tuant le père de sa bien-aimée, Rodrigue a fait son propre malheur.
8. **change :** infidélité.
9. **également :** de la même manière.

Le guerrier sans courage et le perfide amant[1].
À ma fidélité ne faites point d'injure;
Souffrez-moi généreux sans me rendre parjure[2] :
Mes liens sont trop forts pour être ainsi rompus;
Ma foi[3] m'engage encor si je n'espère plus;
Et ne pouvant quitter ni posséder Chimène,
Le trépas que je cherche est ma plus douce peine.

DON DIÈGUE

Il n'est pas temps encor de chercher le trépas;
Ton prince et ton pays ont besoin de ton bras.
La flotte qu'on craignait, dans ce grand fleuve[4] entrée,
Croit surprendre la ville et piller la contrée.
Les Mores vont descendre, et le flux et la nuit
Dans une heure à nos murs les amène[5] sans bruit.
La Cour est en désordre, et le peuple en alarmes :
On n'entend que des cris, on ne voit que des larmes.
Dans ce malheur public mon bonheur a permis
Que j'aie trouvé chez moi cinq cents de mes amis,
Qui sachant mon affront, poussés d'un même zèle,
Se venaient tous offrir à venger ma querelle.
Tu les a prévenus[6], mais leurs vaillantes mains
Se tremperont bien mieux au sang des Africains[7].
Va marcher à leur tête où l'honneur te demande :
C'est toi que veut pour chef leur généreuse bande[8].
De ces vieux ennemis va soutenir l'abord[9] :
Là, si tu veux mourir, trouve une belle mort;
Prends-en l'occasion, puisqu'elle t'est offerte;

Notes

1. **le perfide amant** : l'amoureux infidèle.
2. **parjure** : traître à ma parole.
3. **foi** : promesse.
4. **ce grand fleuve** : le Guadalquivir.
5. **les amène** : l'accord se fait avec le dernier sujet seulement *(« la nuit »)*.
6. **prévenus** : devancés.
7. Les Mores (ou Maures) venaient d'Afrique du Nord.
8. **bande** : troupe.
9. **abord** : attaque.

Fais devoir à ton roi[1] son salut à ta perte ;
Mais reviens-en plutôt les palmes sur le front.
Ne borne pas ta gloire à venger un affront ;
Porte-la plus avant : force par ta vaillance
Ce monarque au pardon, et Chimène au silence ;
Si tu l'aimes, apprends que revenir vainqueur,
C'est l'unique moyen de regagner son cœur.
Mais le temps est trop cher pour le perdre en paroles :
Je t'arrête en discours[2] et je veux que tu voles.
Viens, suis-moi, va combattre, et montrer à ton roi
Que ce qu'il perd au Comte[3] il le recouvre en toi.

Notes

1. **Fais devoir à ton roi** : fais que ton roi doive.

2. **en discours** : par mes discours.

3. **au Comte** : dans le Comte.

Acte IV

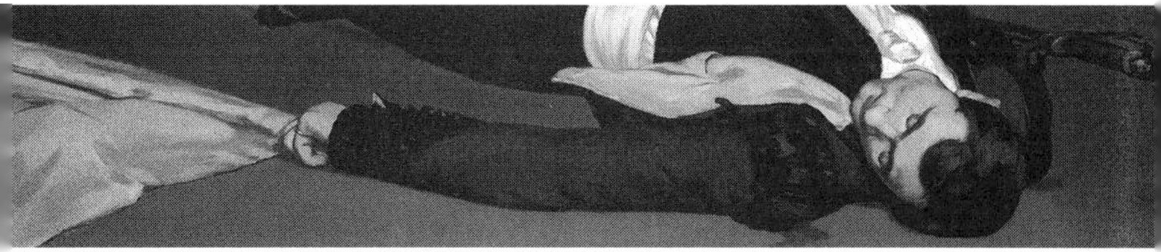

SCÈNE 1

CHIMÈNE, ELVIRE

CHIMÈNE

N'est-ce point un faux bruit[1] ? le sais-tu bien, Elvire ?

ELVIRE

Vous ne croiriez jamais comme chacun l'admire,
Et porte jusqu'au ciel, d'une commune voix,
De ce jeune héros les glorieux exploits.
Les Mores devant lui n'ont paru qu'à leur honte ;
Leur abord[2] fut bien prompt[3], leur fuite encor plus prompte.
Trois heures de combat laissent à nos guerriers
Une victoire entière et deux rois prisonniers.
La valeur de leur chef[4] ne trouvait point d'obstacles.

CHIMÈNE

Et la main de Rodrigue a fait tous ces miracles ?

ELVIRE

De ses nobles efforts ces deux rois sont le prix :
Sa main les a vaincus, et sa main les a pris.

Notes

1. **faux bruit** : fausse rumeur.
2. **abord** : attaque.
3. **prompt** : rapide.
4. **leur chef** : le chef de nos guerriers, c'est-à-dire Rodrigue.

CHIMÈNE

De qui peux-tu savoir ces nouvelles étranges[1] ?

ELVIRE

Du peuple, qui partout fait sonner ses louanges,
Le nomme de sa joie et l'objet et l'auteur,
Son ange tutélaire[2], et son libérateur.

CHIMÈNE

Et le Roi, de quel œil voit-il tant de vaillance ?

ELVIRE

Rodrigue n'ose encor paraître en sa présence ;
Mais don Diègue ravi[3] lui présente enchaînés,
Au nom de ce vainqueur, ces captifs couronnés[4],
Et demande pour grâce à ce généreux prince
Qu'il daigne voir la main qui sauve la province.

CHIMÈNE

Mais n'est-il point blessé ?

ELVIRE

Je n'en ai rien appris.
Vous changez de couleur ! reprenez vos esprits.

CHIMÈNE

Reprenons donc aussi ma colère affaiblie :
Pour avoir soin de lui faut-il que je m'oublie ?
On le vante, on le loue, et mon cœur y consent !
Mon honneur est muet, mon devoir impuissant !
Silence, mon amour, laisse agir ma colère :
S'il a vaincu deux rois, il a tué mon père ;
Ces tristes vêtements où je lis mon malheur
Sont les premiers effets qu'ait produits sa valeur,
Et quoi qu'on die[5] ailleurs d'un cœur si magnanime,

Notes

1. **étranges** : extraordinaires.
2. **tutélaire** : protecteur.
3. **ravi** : transporté de joie.
4. **ces captifs couronnés** : les rois maures prisonniers.
5. **die** : dise (forme ancienne du subjonctif).

Ici tous les objets me parlent de son crime.
Vous qui rendez la force à mes ressentiments,
Voiles, crêpes[1], habits, lugubres ornements,
Pompe[2] que me prescrit sa première victoire,
Contre ma passion soutenez bien ma gloire ;
Et lorsque mon amour prendra trop de pouvoir,
Parlez à mon esprit de mon triste devoir,
Attaquez sans rien craindre une main triomphante.

ELVIRE

Modérez ces transports, voici venir l'Infante.

SCÈNE 2

L'INFANTE, CHIMÈNE, LÉONOR, ELVIRE

L'INFANTE

Je ne viens pas ici consoler tes douleurs ;
Je viens plutôt mêler mes soupirs à tes pleurs.

CHIMÈNE

Prenez bien plutôt part à la commune joie,
Et goûtez le bonheur que le ciel vous envoie,
Madame : autre[3] que moi n'a droit de soupirer.
Le péril dont Rodrigue a su nous retirer
Et le salut public que vous rendent ses armes
À moi seule aujourd'hui souffrent[4] encor les larmes :
Il a sauvé la ville, il a servi son roi ;
Et son bras valeureux n'est funeste qu'à moi[5].

L'INFANTE

Ma Chimène, il est vrai qu'il a fait des merveilles.

Notes

1. **crêpes :** tissus légers. Le crêpe noir est symbole de deuil.
2. **Pompe :** décor funèbre.
3. **autre :** aucune autre.
4. **souffrent :** autorisent.
5. **n'est funeste qu'à moi :** n'est cause de malheur que pour moi.

CHIMÈNE

Déjà ce bruit fâcheux a frappé mes oreilles;
Et je l'entends partout publier hautement[1]
Aussi brave guerrier que malheureux amant.

L'INFANTE

Qu'a de fâcheux pour toi ce discours populaire[2] ?
Ce jeune Mars[3] qu'il loue a su jadis te plaire :
Il possédait ton âme, il vivait sous tes lois;
Et vanter sa valeur, c'est honorer ton choix.

CHIMÈNE

Chacun peut la vanter[4] avec quelque justice[5];
Mais pour moi sa louange est un nouveau supplice.
On aigrit[6] ma douleur en l'élevant si haut[7] :
Je vois ce que je perds quand je vois ce qu'il vaut.
Ah! cruels déplaisirs à l'esprit d'une amante!
Plus j'apprends son mérite, et plus mon feu s'augmente[8] :
Cependant mon devoir est toujours le plus fort,
Et malgré mon amour va poursuivre[9] sa mort.

L'INFANTE

Hier ce devoir te mit en une haute estime;
L'effort que tu te fis parut si magnanime,
Si digne d'un grand cœur, que chacun à la cour
Admirait ton courage et plaignait ton amour.
Mais croirais-tu l'avis d'une amitié fidèle?

CHIMÈNE

Ne vous obéir pas me rendrait criminelle.

Notes

1. **Et je l'entends [...] hautement** : et j'entends que tous le proclament.
2. **discours populaire** : opinion du peuple.
3. **Mars** : dieu de la Guerre.
4. **la vanter** : vanter sa valeur.
5. **avec quelque justice** : à juste titre.
6. **aigrit** : aggrave.
7. **en l'élevant si haut** : en glorifiant Rodrigue.
8. **mon feu s'augmente** : mon amour grandit.
9. **poursuivre** : chercher à obtenir.

L'INFANTE

Ce qui fut juste alors ne l'est plus aujourd'hui.
Rodrigue maintenant est notre unique appui,
L'espérance et l'amour d'un peuple qui l'adore,
Le soutien de Castille, et la terreur du More.
Le Roi même est d'accord de[1] cette vérité,
Que ton père en lui seul se voit ressuscité ;
Et si tu veux enfin qu'en deux mots je m'explique,
Tu poursuis en sa mort la ruine publique[2].
Quoi ! pour venger un père est-il jamais permis
De livrer sa patrie aux mains des ennemis ?
Contre nous ta poursuite est-elle légitime,
Et pour être punis avons-nous part au crime ?
Ce n'est pas qu'après tout tu doives épouser
Celui qu'un père mort t'obligeait d'accuser :
Je te voudrais moi-même en arracher l'envie ;
Ôte-lui ton amour, mais laisse-nous sa vie.

CHIMÈNE

Ah ! ce n'est pas à moi d'avoir tant de bonté ;
Le devoir qui m'aigrit n'a rien de limité[3].
Quoique pour ce vainqueur mon amour s'intéresse,
Quoiqu'un peuple l'adore et qu'un roi le caresse[4],
Qu'il soit environné des plus vaillants guerriers,
J'irai sous mes cyprès accabler ses lauriers[5].

L'INFANTE

C'est générosité quand pour venger un père
Notre devoir attaque une tête si chère ;
Mais c'en est une encor d'un plus illustre rang[6],

Notes

1. **est d'accord de** : admet.
2. **la ruine publique** : la mort de Rodrigue serait une catastrophe pour l'État.
3. **Le devoir [...] limité** : le devoir qui m'oblige à la violence n'admet pas de compromis.
4. **caresse** : favorise.
5. **J'irai [...] lauriers** : je maudirai sa gloire en pleurant la mort de mon père (les cyprès ornent les cimetières).
6. **c'en est [...] rang** : l'héroïsme est encore plus grand.

Quand on donne au public les intérêts du sang[1].
Non, crois-moi, c'est assez que d'éteindre ta flamme ;
Il sera trop puni s'il n'est plus dans ton âme.
Que le bien du pays t'impose cette loi :
Aussi bien, que crois-tu que t'accorde le Roi ?

CHIMÈNE

Il peut me refuser, mais je ne puis me taire.

L'INFANTE

Pense bien, ma Chimène, à ce que tu veux faire.
Adieu : tu pourras seule y penser à loisir.

CHIMÈNE

Après mon père mort[2], je n'ai point à choisir.

SCÈNE 3

DON FERNAND, DON DIÈGUE, DON ARIAS,
DON RODRIGUE, DON SANCHE

(Chez le Roi.)

DON FERNAND

Généreux héritier d'une illustre famille,
Qui fut toujours la gloire et l'appui de Castille,
Race[3] de tant d'aïeux en valeur signalés[4],
Que l'essai de la tienne[5] a sitôt[6] égalés,
Pour te récompenser ma force est trop petite ;
Et j'ai moins de pouvoir que tu n'as de mérite.
Le pays délivré d'un si rude ennemi,
Mon sceptre dans ma main par la tienne affermi,

Notes

1. **Quand [...] sang** : quand on fait passer l'intérêt public avant celui de sa famille.
2. **Après mon père mort** : puisque mon père est mort.
3. **Race** : descendant.
4. **signalés** : célèbres.
5. **de la tienne** : de ta valeur.
6. **sitôt** : aussi rapidement.

Et les Mores défaits[1] avant qu'en ces alarmes
J'eusse pu donner ordre à[2] repousser leurs armes,
Ne sont point des exploits qui laissent à ton roi
Le moyen ni l'espoir de s'acquitter vers[3] toi.
Mais deux rois tes captifs feront ta récompense.
Ils t'ont nommé tous deux leur Cid[4] en ma présence :
Puisque Cid en leur langue est autant que seigneur,
Je ne t'envierai pas[5] ce beau titre d'honneur.
Sois désormais le Cid : qu'à ce grand nom tout cède ;
Qu'il comble d'épouvante et Grenade et Tolède,
Et qu'il marque à tous ceux qui vivent sous mes lois
Et ce que tu me vaux, et ce que je te dois.

DON RODRIGUE

Que Votre Majesté, Sire, épargne ma honte ;
D'un si faible service elle fait trop de conte[6],
Et me force à rougir devant un si grand roi
De mériter si peu l'honneur que j'en reçoi[7].
Je sais trop que je dois au bien de votre empire,
Et le sang qui m'anime, et l'air que je respire ;
Et quand je les perdrai pour un si digne objet[8],
Je ferai seulement le devoir d'un sujet.

DON FERNAND

Tous ceux que ce devoir à mon service engage
Ne s'en acquittent pas avec même[9] courage ;
Et lorsque la valeur ne va point dans l'excès[10]
Elle ne produit point de si rares succès.

Notes

1. défaits : vaincus.
2. ordre à : l'ordre de.
3. vers : envers.
4. Cid : chef de tribu, seigneur (mot d'origine arabe).
5. Je ne t'envierai pas : je ne te priverai pas de.
6. conte : compte.
7. reçoi : reçois (orthographe admise au XVIIe siècle).
8. un si digne objet : l'État.
9. même : le même.
10. ne va point dans l'excès : n'est pas exceptionnelle.

Souffre donc qu'on te loue[1], et de cette victoire
Apprends-moi plus au long[2] la véritable histoire.

DON RODRIGUE

Sire, vous avez su qu'en ce danger pressant,
Qui jeta dans la ville un effroi si puissant,
Une troupe d'amis chez mon père assemblée
Sollicita[3] mon âme encor toute troublée...
Mais, Sire, pardonnez à ma témérité,
Si j'osai l'employer sans votre autorité :
Le péril approchait; leur brigade[4] était prête;
Me montrant à la cour, je hasardais[5] ma tête;
Et s'il fallait la perdre, il m'était bien plus doux
De sortir de la vie en combattant pour vous.

DON FERNAND

J'excuse ta chaleur à venger ton offense;
Et l'État défendu me parle en ta défense :
Crois que dorénavant Chimène a beau parler,
Je ne l'écoute plus que pour la consoler.
Mais poursuis.

DON RODRIGUE

Sous moi[6] donc cette troupe s'avance,
Et porte sur le front[7] une mâle assurance.
Nous partîmes cinq cents; mais par un prompt renfort
Nous nous vîmes trois mille en arrivant au port,
Tant[8], à nous voir marcher avec un tel visage,
Les plus épouvantés reprenaient leur courage!
J'en cache les deux tiers, aussitôt qu'arrivés,
Dans le fond des vaisseaux qui lors[9] furent trouvés;

Notes

1. **te loue** : te glorifie.
2. **plus au long** : en détail.
3. **Sollicita** : encouragea à agir.
4. **brigade** : troupe.
5. **je hasardais** : je risquais.
6. **Sous moi** : sous mes ordres.
7. **porte sur le front** : affiche, montre.
8. **Tant** : au point que.
9. **lors** : alors.

Le reste, dont le nombre augmentait à toute heure,
Brûlant d'impatience autour de moi demeure,
Se couche contre terre, et sans faire aucun bruit,
Passe une bonne part d'une si belle nuit.
Par mon commandement la garde en fait de même,
Et se tenant cachée, aide à mon stratagème;
Et je feins hardiment[1] d'avoir reçu de vous
L'ordre qu'on me voit suivre et que je donne à tous.
Cette obscure clarté qui tombe des étoiles
Enfin avec le flux nous fait voir trente voiles[2];
L'onde s'enfle dessous[3], et d'un commun effort
Les Mores et la mer montent jusques au port.
On les laisse passer; tout leur paraît tranquille :
Point de soldats au port, point aux murs de la ville.
Notre profond silence abusant[4] leurs esprits,
Ils n'osent plus douter[5] de nous avoir surpris;
Ils abordent sans peur, ils ancrent, ils descendent,
Et courent se livrer aux mains qui les attendent.
Nous nous levons alors, et tous en même temps
Poussons jusques au ciel mille cris éclatants.
Les nôtres, à ces cris, de nos vaisseaux répondent;
Ils paraissent[6] armés, les Mores se confondent[7],
L'épouvante les prend à demi descendus,
Avant que de combattre, ils s'estiment perdus.
Ils couraient au pillage, et rencontrent la guerre;
Nous les pressons[8] sur l'eau, nous les pressons sur terre,
Et nous faisons courir des ruisseaux de leur sang,
Avant qu'aucun résiste ou reprenne son rang.

Notes

1. **hardiment** : avec audace.
2. La marée montante porte les trente navires vers le port.
3. **L'onde s'enfle dessous** : la mer se gonfle sous les vaisseaux.
4. **abusant** : trompant.
5. **Ils n'osent plus douter** : ils sont certains.
6. **paraissent** : surgissent.
7. **se confondent** : sont stupéfaits.
8. **pressons** : attaquons.

Mais bientôt, malgré nous, leurs princes les rallient[1] ;
Leur courage renaît, et leurs terreurs s'oublient :
La honte de mourir sans avoir combattu
Arrête leur désordre, et leur rend leur vertu[2].
Contre nous de pied ferme ils tirent leurs alfanges[3],
De notre sang au leur[4] font d'horribles mélanges ;
Et la terre, et le fleuve, et leur flotte, et le port,
Sont des champs de carnage où triomphe la mort.
Ô combien d'actions, combien d'exploits célèbres[5]
Sont demeurés sans gloire au milieu des ténèbres,
Où chacun, seul témoin des grands coups qu'il donnait,
Ne pouvait discerner où le sort inclinait[6] !
J'allais de tous côtés encourager les nôtres,
Faire avancer les uns, et soutenir les autres,
Ranger ceux qui venaient, les pousser à leur tour,
Et ne l'ai pu savoir[7] jusques au point du jour.
Mais enfin sa clarté[8] montre notre avantage :
Le More voit sa perte et perd soudain courage,
Et voyant un renfort qui nous vient secourir,
L'ardeur de vaincre cède à la peur de mourir.
Ils gagnent leurs vaisseaux, ils en coupent les câbles,
Poussent jusques aux cieux des cris épouvantables,
Font retraite en tumulte, et sans considérer
Si leurs rois avec eux peuvent se retirer.
Pour souffrir ce devoir[9] leur frayeur est trop forte :
Le flux les apporta ; le reflux les remporte,
Cependant que leurs rois, engagés parmi nous,

Notes

1. **les rallient** : les rejoignent.
2. **vertu** : courage.
3. **alfanges** : sabres courts appelés aussi *cimeterres* (terme d'origine arabe).
4. **au leur** : avec leur sang.
5. **célèbres** : remarquables.
6. **où le sort inclinait** : quelle armée avait l'avantage.
7. **ne l'ai pu savoir** : n'ai pu savoir qui l'emportait.
8. **sa clarté** : la clarté du jour.
9. **souffrir ce devoir** : penser à sauver leurs rois.

Et quelque peu des leurs, tous percés de nos coups,
Disputent[1] vaillamment et vendent bien leur vie.
À se rendre moi-même en vain je les convie :
Le cimeterre au poing ils ne m'écoutent pas ;
Mais voyant à leurs pieds tomber tous leurs soldats,
Et que seuls désormais en vain ils se défendent,
Ils demandent le chef : je me nomme, ils se rendent.
Je vous les envoyai tous deux en même temps ;
Et le combat cessa faute de[2] combattants.
C'est de cette façon que, pour votre service...

La bataille contre les Mores vue par Anthony Mann dans son film *Le Cid (El Cid)* en 1961.

Notes

1. **Disputent :** combattent.

2. **faute de :** par manque de.

Le récit au théâtre

Questions sur la scène 3 de l'acte IV (v. 1257, p. 94, à v. 1329, p. 97)

Que s'est-il passé entre-temps ?

1. À la scène 6 de l'acte III, que demande Don Diègue à Rodrigue ? Pourquoi pense-t-il que sa proposition va aider à résoudre les problèmes de son fils ?

2. Quel effet a produit sur Chimène la victoire de Rodrigue (acte IV) ?

3. Quel surnom Rodrigue gagne-t-il lors de cette victoire (acte IV) ? Pourquoi ?

4. Quelle conséquence cette victoire a-t-elle sur le jugement que doit rendre le roi dans l'affaire du meurtre du Comte (acte IV) ?

Avez-vous bien lu ?

5. À quel moment et dans quel lieu la bataille se déroule-t-elle ? Relevez les mots qui nous l'apprennent. Aidez-vous aussi de la didascalie initiale.

6. Reclassez dans l'ordre chronologique les différents moments de la bataille, en les numérotant.

Moments de la bataille	Chronologie
Les Mores débarquent dans le port.	
Rodrigue court donner des ordres à ses soldats.	
Rodrigue cache les deux tiers de ses hommes dans les bateaux du port.	
Encouragés par leurs chefs, les Mores combattent.	
L'armée de Rodrigue reçoit un renfort de 2 500 soldats.	

L'armée de Rodrigue reçoit de nouveau du renfort.	
L'armée de Rodrigue massacre les Mores qui n'osent plus combattre.	
Les chefs des Mores se rendent à Rodrigue.	
Tous les soldats cachés à terre se lèvent en criant.	
Rodrigue ordonne à tous ses hommes de se cacher.	
Les soldats de Rodrigue sortent en armes des bateaux où ils étaient cachés.	
Les Mores montent dans leurs bateaux et fuient.	

Rodrigue : un chef de guerre et un héros

7 Reliez les citations aux qualités du héros qu'elles expriment.

« *une mâle assurance* » (v. 1258) •	• Ardeur au combat
« *Par mon commandement* » (v. 1269) •	• Audace
« *Mon stratagème* » (v. 1270) •	• Autorité
« *hardiment* » (v. 1271) •	• Détermination
« *Nous les pressons sur l'eau, nous les pressons sur terre* » (v. 1290) •	• Modestie
« [...] *combien d'exploits célèbres / Sont demeurés sans gloire au milieu des ténèbres* » (v. 1301-1302) •	• Stratégie et ruse

Étudier un récit au théâtre

La double énonciation

Au théâtre, quand un personnage s'adresse à un ou plusieurs autres personnages, il s'adresse en même temps au spectateur. Il y a donc 2 destinataires. C'est ce qu'on appelle « la double énonciation ».

8 À quel temps de l'indicatif est, principalement, racontée la bataille dans la tirade* de Rodrigue ? Quel est l'effet produit pour le lecteur ou le spectateur ?

*** *tirade* : longue réplique au théâtre.**

9 Ce qui est rapporté dans le récit aurait-il pu être joué sur scène ? Justifiez votre réponse. Quelle est la fonction de ce récit ?

10 Lisez la fin de l'acte IV : ce récit est-il suivi d'une conséquence ? à quel moment le roi prend-il une décision au sujet du sort de Rodrigue ? au bout du compte, quel est le véritable destinataire* du récit de Rodrigue ?

*** *destinataire* : personne à qui s'adresse le discours.**

Étudier le registre épique*

11 Relevez les descriptions et les qualificatifs qui rendent la bataille impressionnante.

*** *épique* : relatif à une épopée, à un acte héroïque.**

12 Relevez toutes les marques de 1re personne du pluriel en indiquant leur classe grammaticale. Que veut montrer Rodrigue en utilisant la 1re personne du pluriel ?

13 L'univers de l'épopée est manichéen*. Quels éléments négatifs, dans le comportement des soldats mores, les opposent complètement à la troupe de Rodrigue ?

*** *manichéen* : qui sépare, sans nuance, le Bien et le Mal.**

14 Rodrigue donne de l'ampleur à la bataille par le récit qu'il en fait. Reliez chaque citation à la figure de style employée.

« *Cette obscure clarté qui tombe des étoiles* » (v. 1273)	•	•	Antithèse (opposition de 2 mots)
« *Ils abordent sans peur, ils ancrent, ils descendent, / Et courent* » (v. 1281-1282)	•	•	Énumération (succession de mots de même nature)
« *jusques au ciel mille cris éclatants* » (v. 1284)	•	•	Hyperbole (exagération)
« *Avant que de combattre, ils s'estiment perdus* » (v. 1288)	•	•	Métaphore (image introduite sans outil de comparaison)
« *des ruisseaux de leur sang* » (v. 1291)	•	•	Oxymore (alliance de 2 mots opposés)

À vos plumes !

15 Faites le récit, à la 3e personne du singulier et au passé, des principaux éléments du déroulement de la bataille.

Expression orale

16 Apprenez par cœur les vers 1273 à 1284 afin de les réciter en classe. Faites attention aux *e* muets, aux liaisons, aux enjambements, aux diérèses.

Lire l'image

17 L'image extraite du film *Le Cid* (p. 97) vous semble-t-elle pouvoir illustrer la bataille telle que la décrit Rodrigue ? Vous justifierez votre réponse.

SCÈNE 4

DON FERNAND, DON DIÈGUE, DON RODRIGUE,
DON ARIAS, DON ALONSE, DON SANCHE

DON ALONSE

Sire, Chimène vient vous demander justice.

DON FERNAND

La fâcheuse nouvelle, et l'importun[1] devoir!
Va, je ne la veux pas obliger à te voir.
Pour tous remerciements il faut que je te chasse;
Mais avant que[2] sortir, viens, que ton roi t'embrasse.

DON DIÈGUE

Chimène le poursuit, et voudrait le sauver.

DON FERNAND

On m'a dit qu'elle l'aime, et je vais l'éprouver.
Montrez un œil plus triste[3].

SCÈNE 5

DON FERNAND, DON DIÈGUE, DON ARIAS,
DON SANCHE, DON ALONSE, CHIMÈNE, ELVIRE

DON FERNAND

Enfin soyez contente,
Chimène, le succès[4] répond à votre attente :
Si de nos ennemis Rodrigue a le dessus[5],
Il est mort à nos yeux des coups qu'il a reçus;

Notes

1. **l'importun** : le désagréable.
2. **avant que** : avant de.
3. **Montrez un œil plus triste** : prenez un air triste.
4. **le succès** : l'issue des combats.
5. **de [...] dessus** : après avoir vaincu nos ennemis.

Rendez grâces au ciel, qui vous en a vengée.

(À Don Diègue.)

Voyez comme déjà sa couleur est changée.

DON DIÈGUE

Mais voyez qu'elle pâme[1], et d'un amour parfait,
Dans cette pâmoison, Sire, admirez l'effet.
Sa douleur a trahi les secrets de son âme,
Et ne vous permet plus de douter de sa flamme.

CHIMÈNE

Quoi ! Rodrigue est donc mort ?

DON FERNAND

Non, non, il voit le jour,
Et te conserve encore un immuable amour :
Calme cette douleur qui pour lui s'intéresse[2].

CHIMÈNE

Sire, on pâme de joie ainsi que de tristesse ;
Un excès de plaisir nous rend tout languissants[3],
Et quand il surprend l'âme, il accable les sens.

DON FERNAND

Tu veux qu'en ta faveur nous croyions l'impossible ?
Chimène, ta douleur a paru trop visible.

CHIMÈNE

Eh bien ! Sire, ajoutez ce comble à mon malheur,
Nommez ma pâmoison l'effet de ma douleur :
Un juste déplaisir[4] à ce point m'a réduite.
Son trépas[5] dérobait sa tête à ma poursuite ;
S'il meurt des coups reçus pour le bien du pays,
Ma vengeance est perdue et mes desseins[6] trahis :

Notes

1. **pâme** : s'évanouit.
2. **s'intéresse** : se passionne.
3. **languissants** : sans force.
4. **déplaisir** : douleur.
5. **trépas** : mort.
6. **desseins** : projets.

Une si belle fin m'est trop injurieuse[1].
Je demande sa mort, mais non pas glorieuse,
Non pas dans un éclat qui l'élève si haut,
Non pas au lit d'honneur[2], mais sur un échafaud;
Qu'il meure pour mon père, et non pour la patrie;
Que son nom soit taché, sa mémoire flétrie.
Mourir pour le pays n'est pas un triste sort;
C'est s'immortaliser par une belle mort.
J'aime donc sa victoire, et je le puis sans crime;
Elle assure[3] l'État, et me rend ma victime,
Mais noble, mais fameuse entre tous les guerriers,
Le chef[4], au lieu de fleurs[5], couronné de lauriers;
Et pour dire en un mot ce que j'en considère,
Digne d'être immolée aux mânes[6] de mon père...
Hélas! à quel espoir me laissé-je emporter!
Rodrigue de ma part n'a rien à redouter :
Que pourraient contre lui des larmes qu'on méprise?
Pour lui tout votre empire est un lieu de franchise[7];
Là, sous votre pouvoir, tout lui devient permis;
Il triomphe de moi comme des ennemis.
Dans leur sang répandu la justice étouffée
Aux crimes du vainqueur sert d'un[8] nouveau trophée;
Nous[9] en croissons la pompe[10], et le mépris des lois
Nous fait suivre son char au milieu de deux rois[11].

Notes

1. **injurieuse** : injuste.
2. **lit d'honneur** : champ d'honneur.
3. **Elle assure** : elle (sa victoire) sauvegarde, protège.
4. **Le chef** : la tête.
5. Les fleurs dont on couvrait une victime avant le sacrifice, dans l'Antiquité.
6. **immolée aux mânes** : sacrifiée à la mémoire.
7. **franchise** : liberté.
8. **d'un** : de.
9. **Nous** : la justice étouffée et Chimène.
10. **pompe** : gloire.
11. Chez les Romains, les prisonniers suivaient le char du vainqueur. Chimène se dit vaincue comme les deux rois maures faits prisonniers par Rodrigue.

DON FERNAND

Ma fille, ces transports ont trop de violence.
Quand on rend la justice, on met tout en balance :
On a tué ton père, il était l'agresseur ;
Et la même équité m'ordonne la douceur.
Avant que d'accuser ce que j'en fais paraître[1],
Consulte bien ton cœur : Rodrigue en est le maître,
Et ta flamme en secret rend grâces à ton roi
Dont la faveur conserve un tel amant pour toi.

CHIMÈNE

Pour moi ! mon ennemi ! l'objet de ma colère !
L'auteur de mes malheurs ! l'assassin de mon père !
De ma juste conduite on fait si peu de cas
Qu'on me croit obliger[2] en ne m'écoutant pas !
Puisque vous refusez la justice à mes larmes,
Sire, permettez-moi de recourir aux armes ;
C'est par là seulement qu'il a su m'outrager,
Et c'est aussi par là que je me dois venger.
À tous vos cavaliers[3] je demande sa tête :
Oui, qu'un d'eux me l'apporte, et je suis sa conquête ;
Qu'ils le combattent, Sire, et le combat fini,
J'épouse le vainqueur, si Rodrigue est puni.
Sous votre autorité souffrez qu'on le publie[4].

DON FERNAND

Cette vieille coutume en ces lieux établie,
Sous couleur de[5] punir un injuste attentat,
Des meilleurs combattants affaiblit un État ;
Souvent de cet abus le succès déplorable[6]
Opprime l'innocent, et soutient le coupable.

Notes

1. **ce que j'en fais paraître** : mon indulgence.
2. **Qu'on me croit obliger** : qu'on pense me faire une faveur.
3. **cavaliers** : gentilshommes, chevaliers.
4. **qu'on le publie** : qu'on annonce cette décision.
5. **Sous couleur de** : sous prétexte de.
6. **le succès déplorable** : l'issue tragique.

J'en dispense Rodrigue ; il m'est trop précieux
Pour l'exposer aux coups d'un sort capricieux ;
Et quoi qu'ait pu commettre un cœur si magnanime,
Les Mores en fuyant ont emporté son crime.

DON DIÈGUE

Quoi ! Sire, pour lui seul vous renversez des lois
Qu'a vu toute la cour observer tant de fois !
Que croira votre peuple et que dira l'envie,
Si sous votre défense il ménage sa vie,
Et s'en fait un prétexte à ne paraître pas
Où tous les gens d'honneur cherchent un beau trépas ?
De pareilles faveurs terniraient trop sa gloire :
Qu'il goûte sans rougir les fruits de sa victoire.
Le Comte eut de l'audace, il l'en a su punir :
Il l'a fait en brave homme[1], et le doit maintenir[2].

DON FERNAND

Puisque vous le voulez, j'accorde qu'il le fasse ;
Mais d'un guerrier vaincu mille prendraient la place,
Et le prix[3] que Chimène au vainqueur a promis
De tous mes cavaliers ferait ses ennemis.
L'opposer seul à tous serait trop d'injustice :
Il suffit qu'une fois il entre dans la lice[4].
Choisis qui tu voudras, Chimène, et choisis bien ;
Mais après ce combat ne demande plus rien.

DON DIÈGUE

N'excusez point par là ceux que son bras étonne[5] :
Laissez un champ ouvert, où n'entrera personne.

Notes

1. **en brave homme** : en homme courageux.
2. **le doit maintenir** : doit rester courageux.
3. **le prix** : Chimène a promis d'épouser le vainqueur.
4. **lice** : arène fermée où se déroulaient les combats.
5. **ceux que son bras étonne** : ceux qui ont peur de Rodrigue. En laissant choisir un adversaire par Chimène, le roi fournit une excuse à tous ceux qui n'oseraient pas affronter Rodrigue.

Après ce que Rodrigue a fait voir aujourd'hui,
Quel courage assez vain[1] s'oserait prendre à lui ?
Qui se hasarderait contre un tel adversaire ?
Qui serait ce vaillant, ou bien ce téméraire ?

DON SANCHE

Faites ouvrir le champ : vous voyez l'assaillant ;
Je suis ce téméraire, ou plutôt ce vaillant.
Accordez cette grâce à l'ardeur qui me presse,
Madame : vous savez quelle est votre promesse.

DON FERNAND

Chimène, remets-tu ta querelle[2] en sa main ?

CHIMÈNE

Sire, je l'ai promis.

DON FERNAND

Soyez prêt à demain.

DON DIÈGUE

Non, Sire, il ne faut pas différer davantage :
On est toujours trop prêt quand on a du courage.

DON FERNAND

Sortir d'une bataille, et combattre à l'instant !

DON DIÈGUE

Rodrigue a pris haleine en vous la racontant.

DON FERNAND

Du moins une heure ou deux je veux qu'il se délasse.
Mais de peur qu'en exemple un tel combat ne passe,
Pour témoigner à tous qu'à regret je permets
Un sanglant procédé qui ne me plut jamais,
De moi ni de ma cour il n'aura la présence.

(Il parle à Don Arias.)

Vous seul des combattants jugerez la vaillance :

Notes

1. **vain** : orgueilleux.

2. **querelle** : cause.

Ayez soin que tous deux fassent[1] en gens de cœur,
Et le combat fini, m'amenez le vainqueur.
Qui qu'il soit, même prix est acquis à sa peine :
Je le veux de ma main présenter à Chimène,
Et que pour récompense il reçoive sa foi[2].

CHIMÈNE

Quoi ! Sire, m'imposer une si dure loi !

DON FERNAND

Tu t'en plains ; mais ton feu, loin d'avouer[3] ta plainte,
Si Rodrigue est vainqueur, l'accepte[4] sans contrainte.
Cesse de murmurer[5] contre un arrêt si doux :
Qui que ce soit des deux, j'en ferai ton époux.

Notes

1. **fassent** : se comportent.
2. **sa foi** : la promesse de l'épouser.
3. **avouer** : approuver.
4. **l'accepte** : l'acceptera.
5. **murmurer** : protester.

Acte V

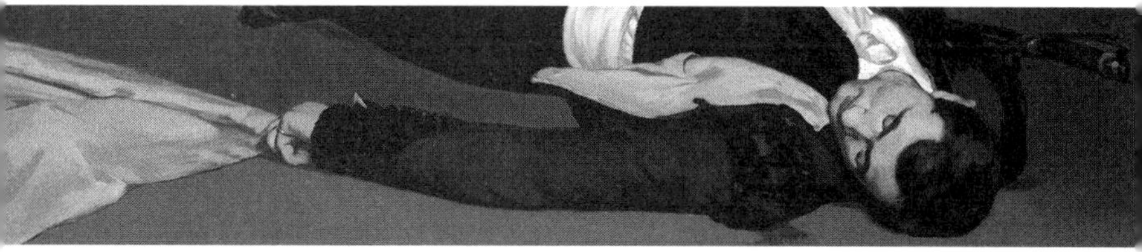

SCÈNE 1

DON RODRIGUE, CHIMÈNE

(Chez Chimène.)

CHIMÈNE

Quoi! Rodrigue, en plein jour! d'où te vient cette audace?
Va, tu me perds d'honneur[1]; retire-toi, de grâce.

DON RODRIGUE

Je vais mourir, Madame, et vous viens en ce lieu,
Avant le coup mortel, dire un dernier adieu :
Cet immuable[2] amour qui sous vos lois m'engage
N'ose accepter ma mort sans vous en faire hommage.

CHIMÈNE

Tu vas mourir!

DON RODRIGUE

Je cours à ces heureux moments
Qui vont livrer ma vie à vos ressentiments.

Notes

1. **tu me perds d'honneur** : tu me déshonores.

2. **immuable** : constant, éternel.

CHIMÈNE

Tu vas mourir ! Don Sanche est-il si redoutable
Qu'il donne l'épouvante à ce cœur indomptable ?
Qui t'a rendu si faible, ou qui le rend si fort ?
Rodrigue va combattre, et se croit déjà mort !
Celui qui n'a pas craint les Mores, ni mon père,
Va combattre don Sanche, et déjà désespère !
Ainsi donc au besoin[1] ton courage s'abat !

DON RODRIGUE

Je cours à mon supplice, et non pas au combat ;
Et ma fidèle ardeur sait bien m'ôter l'envie,
Quand vous cherchez ma mort, de défendre ma vie[2].
J'ai toujours même cœur ; mais je n'ai point de bras
Quand il faut conserver ce qui ne vous plaît pas ;
Et déjà cette nuit m'aurait été mortelle,
Si j'eusse combattu pour ma seule querelle ;
Mais défendant mon roi, son peuple et mon pays,
À me défendre[3] mal je les aurais trahis.
Mon esprit généreux ne hait pas tant la vie,
Qu'il en veuille sortir par une perfidie.
Maintenant qu'il s'agit de mon seul intérêt,
Vous demandez ma mort, j'en accepte l'arrêt[4].
Votre ressentiment choisit la main d'un autre
(Je ne méritais pas de mourir de la vôtre) :
On ne me verra point en repousser les coups ;
Je dois plus de respect à qui combat pour vous ;
Et ravi de penser que c'est de vous qu'ils viennent,
Puisque c'est votre honneur que ses armes soutiennent,
Je vais lui présenter mon estomac[5] ouvert,
Adorant en sa main la vôtre qui me perd.

Notes

1. **au besoin** : dans la nécessité.
2. **Et ma fidèle [...] ma vie** : je ne défendrai pas ma vie puisque vous voulez ma mort.
3. **À me défendre** : en me défendant.
4. **arrêt** : verdict.
5. **estomac** : poitrine.

Chimène

Si d'un triste devoir la juste violence,
Qui me fait malgré moi poursuivre ta vaillance,
Prescrit à ton amour une si forte loi
Qu'il te rend sans défense à qui combat pour moi,
En cet aveuglement ne perds pas la mémoire
Qu'ainsi que de ta vie il y va de ta gloire,
Et que dans quelque éclat[1] que Rodrigue ait vécu,
Quand on le saura mort, on le croira vaincu.
Ton honneur t'est plus cher que je ne te suis chère,
Puisqu'il trempe tes mains dans le sang de mon père,
Et te fait renoncer, malgré ta passion,
À l'espoir le plus doux de ma possession[2] :
Je t'en vois cependant faire si peu de conte
Que sans rendre combat[3] tu veux qu'on te surmonte[4].
Quelle inégalité ravale ta vertu[5] ?
Pourquoi ne l'as-tu plus, ou pourquoi l'avais-tu ?
Quoi ? n'es-tu généreux que pour me faire outrage ?
S'il ne faut m'offenser, n'as-tu point de courage ?
Et traites-tu mon père avec tant de rigueur,
Qu'après l'avoir vaincu tu souffres[6] un vainqueur ?
Va, sans vouloir mourir, laisse-moi te poursuivre,
Et défends ton honneur, si tu ne veux plus vivre.

Don Rodrigue

Après la mort du Comte, et les Mores défaits,
Faudrait-il à ma gloire encor d'autres effets[7] ?
Elle[8] peut dédaigner le soin de me défendre :
On sait que mon courage ose tout entreprendre,

Notes

1. **éclat** : gloire.
2. **À l'espoir [...] possession** : à l'espoir de me posséder qui était le plus doux pour toi.
3. **rendre combat** : combattre.
4. **surmonte** : vainque.
5. **Quelle inégalité [...] vertu** : quel caprice rabaisse ton courage.
6. **souffres** : tolères.
7. **effets** : preuves.
8. **Elle** : ma gloire.

Que ma valeur peut tout, et que dessous les cieux,
Auprès de[1] mon honneur, rien ne m'est précieux.
Non, non, en ce combat, quoi que vous veuilliez croire,
Rodrigue peut mourir sans hasarder[2] sa gloire,
Sans qu'on l'ose accuser d'avoir manqué de cœur,
Sans passer pour vaincu, sans souffrir un vainqueur.
On dira seulement : «Il adorait Chimène;
Il n'a pas voulu vivre et mériter sa haine;
Il a cédé lui-même à la rigueur du sort
Qui forçait sa maîtresse à poursuivre sa mort :
Elle voulait sa tête : et son cœur magnanime,
S'il l'en eût refusée, eût pensé faire un crime.
Pour venger son honneur il perdit son amour,
Pour venger sa maîtresse il a quitté le jour,
Préférant, quelque espoir qu'eût son âme asservie[3],
Son honneur à Chimène, et Chimène à sa vie.»
Ainsi donc vous verrez ma mort en ce combat,
Loin d'obscurcir ma gloire, en rehausser l'éclat;
Et cet honneur suivra mon trépas volontaire,
Que tout autre que moi n'eût pu vous satisfaire[4].

CHIMÈNE

Puisque, pour t'empêcher de courir au trépas,
Ta vie et ton honneur sont de faibles appas[5],
Si jamais je t'aimai, cher Rodrigue, en revanche[6],
Défends-toi maintenant pour m'ôter à don Sanche;
Combats pour m'affranchir d'une condition
Qui me donne à l'objet de mon aversion[7].
Te dirai-je encor plus? va, songe à ta défense,

Notes

1. **Auprès de** : en comparaison de.
2. **hasarder** : mettre en danger.
3. **asservie** : esclave de sa passion.
4. La proposition détermine «*honneur*» : «*cet honneur que* [...].»
5. **appas** : raisons.
6. **Si jamais [...] revanche** : puisque je t'ai aimé, en retour.
7. **l'objet de mon aversion** : don Sanche.

Pour forcer mon devoir, pour m'imposer silence ;
Et si tu sens pour moi ton cœur encore épris,
Sors vainqueur d'un combat dont Chimène est le prix.
Adieu : ce mot lâché me fait rougir de honte.

DON RODRIGUE

Est-il quelque ennemi qu'à présent je ne dompte ?
Paraissez, Navarrais[1], Mores et Castillans,
Et tout ce que l'Espagne a nourri de vaillants ;
Unissez-vous ensemble, et faites une armée,
Pour combattre une main de la sorte animée :
Joignez tous vos efforts contre un espoir si doux ;
Pour en venir à bout[2], c'est trop peu que de vous.

SCÈNE 2

L'INFANTE

(Chez l'Infante.)

T'écouterai-je encor, respect de ma naissance[3],
Qui fais un crime de mes feux ?
T'écouterai-je, amour dont la douce puissance
Contre ce fier tyran[4] fait révolter mes vœux[5] ?
Pauvre princesse, auquel des deux[6]
Dois-tu prêter obéissance ?
Rodrigue, ta valeur te rend digne de moi ;
Mais pour être[7] vaillant, tu n'es pas fils de roi.

Notes

1. **Navarrais** : habitants de la Navarre, royaume indépendant du nord de l'Espagne.
2. **en venir à bout** : venir à bout de l'espoir.
3. **respect de ma naissance** : respect dû à mon rang.
4. **ce fier tyran** : le respect du rang.
5. **fait révolter mes vœux** : fait résister mes désirs.
6. **auquel des deux** : le respect de la naissance ou l'amour.
7. **pour être** : bien que tu sois.

Impitoyable sort, dont la rigueur sépare
Ma gloire d'avec mes désirs!
Est-il dit que le choix d'une vertu si rare[1]
Coûte à ma passion de si grands déplaisirs[2]?
Ô cieux! à combien de soupirs
Faut-il que mon cœur se prépare,
Si jamais il n'obtient sur[3] un si long tourment
Ni d'éteindre l'amour, ni d'accepter l'amant!

Mais c'est trop de scrupule, et ma raison s'étonne
Du mépris d'un si digne choix[4] :
Bien qu'aux monarques seuls ma naissance me donne,
Rodrigue, avec honneur je vivrai sous tes lois.
Après avoir vaincu deux rois,
Pourrais-tu manquer de couronne?
Et ce grand nom de Cid que tu viens de gagner
Ne fait-il pas trop voir sur qui tu dois régner?

Il est digne de moi, mais il est à Chimène;
Le don que j'en ai fait me nuit.
Entre eux la mort d'un père a si peu mis de haine,
Que le devoir du sang à regret le poursuit :
Ainsi n'espérons aucun fruit
De son crime, ni de ma peine,
Puisque pour me punir le destin a permis
Que l'amour dure même entre deux ennemis.

Notes

1. **une vertu si rare** : la gloire d'un haut rang.
2. **déplaisirs** : souffrances.
3. **sur** : en l'emportant sur.
4. **un si digne choix** : le choix de Rodrigue.

SCÈNE 3

L'INFANTE, LÉONOR

L'INFANTE

Où viens-tu, Léonor?

LÉONOR

Vous applaudir[1], Madame,
Sur le repos qu'enfin a retrouvé votre âme.

L'INFANTE

D'où viendrait ce repos dans un comble d'ennui?

LÉONOR

Si l'amour vit d'espoir, et s'il meurt avec lui,
Rodrigue ne peut plus charmer votre courage[2].
Vous savez le combat où Chimène l'engage :
Puisqu'il faut qu'il y meure, ou qu'il soit son mari,
Votre espérance est morte et votre esprit guéri.

L'INFANTE

Ah! qu'il s'en faut encor[3]!

LÉONOR

Que pouvez-vous prétendre[4]?

L'INFANTE

Mais plutôt quel espoir me pourrais-tu défendre?
Si Rodrigue combat sous ces conditions,
Pour en rompre l'effet, j'ai trop d'inventions[5].
L'amour, ce doux auteur de mes cruels supplices,
Aux esprits des amants[6] apprend trop d'artifices.

Notes

1. **Vous applaudir** : me réjouir avec vous.
2. **charmer votre courage** : vous séduire.
3. **qu'il s'en faut encor** : que j'en suis loin.
4. **prétendre** : espérer.
5. **trop d'inventions** : beaucoup d'idées, de stratagèmes.
6. **amants** : amoureux.

LÉONOR

Pourrez-vous quelque chose, après qu'un père mort
N'a pu dans leurs esprits allumer de discord[1] ?
Car Chimène aisément montre par sa conduite
Que la haine aujourd'hui ne fait pas[2] sa poursuite.
Elle obtient un combat, et pour son combattant
C'est le premier offert qu'elle accepte à l'instant :
Elle n'a point recours à ces mains généreuses
Que tant d'exploits fameux rendent si glorieuses ;
Don Sanche lui suffit, et mérite son choix[3],
Parce qu'il va s'armer pour la première fois.
Elle aime en ce duel son peu d'expérience ;
Comme il est sans renom, elle est sans défiance[4] ;
Et sa facilité[5] vous doit bien faire voir
Qu'elle cherche un combat qui force son devoir,
Qui livre à son Rodrigue une victoire aisée,
Et l'autorise enfin à paraître apaisée.

L'INFANTE

Je le remarque assez, et toutefois mon cœur
À l'envi de[6] Chimène adore ce vainqueur.
À quoi me résoudrai-je, amante infortunée ?

LÉONOR

À vous mieux souvenir de qui vous êtes née :
Le ciel vous doit un roi, vous aimez un sujet !

L'INFANTE

Mon inclination[7] a bien changé d'objet.
Je n'aime plus Rodrigue, un simple gentilhomme ;
Non, ce n'est plus ainsi que mon amour le nomme :

Notes

1. **allumer de discord** : susciter la discorde, la haine.
2. **ne fait pas** : ne guide pas.
3. **et mérite son choix** : et ce choix se justifie.
4. **défiance** : crainte.
5. **facilité** : l'accord facilement donné à don Sanche.
6. **À l'envi de** : tout comme.
7. **inclination** : amour.

Si j'aime, c'est l'auteur de tant de beaux exploits,
C'est le valeureux Cid, le maître de deux rois.
Je me vaincrai pourtant, non de peur d'aucun blâme[1],
Mais pour ne troubler pas une si belle flamme[2] ;
Et quand[3] pour m'obliger[4] on l'aurait couronné,
Je ne veux point reprendre un bien que j'ai donné,
Puisqu'en un tel combat sa victoire est certaine,
Allons encore un coup le donner à Chimène.
Et toi, qui vois les traits[5] dont mon cœur est percé,
Viens me voir achever comme j'ai commencé.

SCÈNE 4

CHIMÈNE, ELVIRE

(Chez Chimène.)

CHIMÈNE

Elvire, que je souffre, et que je suis à plaindre !
Je ne sais qu'espérer, et je vois tout à craindre ;
Aucun vœu ne m'échappe où j'ose consentir[6] ;
Je ne souhaite rien sans un prompt repentir.
À deux rivaux pour moi je fais prendre les armes :
Le plus heureux succès[7] me coûtera des larmes ;
Et quoi qu'en ma faveur en ordonne le sort,
Mon père est sans vengeance, ou mon amant est mort.

ELVIRE

D'un et d'autre côté je vous vois soulagée :
Ou vous avez Rodrigue, ou vous êtes vengée ;

Notes

1. d'aucun blâme : de quelque condamnation.
2. une si belle flamme : l'amour de Rodrigue et de Chimène.
3. Et quand : et même si.
4. m'obliger : me faire plaisir.
5. traits : ce sont les flèches de Cupidon, dieu de l'Amour.
6. Aucun [...] consentir : je n'ose consentir à aucun de mes souhaits.
7. succès : dénouement.

Et quoi que le destin puisse ordonner de vous,
Il soutient votre gloire, et vous donne un époux.

CHIMÈNE

Quoi ! l'objet de ma haine ou de tant de colère !
L'assassin de Rodrigue ou celui de mon père !
De tous les deux côtés on me donne un mari
Encor tout teint du sang que j'ai le plus chéri ;
De tous les deux côtés mon âme se rebelle :
Je crains plus que la mort la fin de ma querelle :
Allez, vengeance, amour, qui troublez mes esprits,
Vous n'avez point pour moi de douceurs à ce prix ;
Et toi, puissant moteur[1] du destin qui m'outrage,
Termine ce combat sans aucun avantage,
Sans faire aucun des deux ni vaincu ni vainqueur.

ELVIRE

Ce serait vous traiter avec trop de rigueur.
Ce combat pour votre âme est un nouveau supplice,
S'il vous laisse obligée à demander justice,
À témoigner toujours ce haut ressentiment,
Et poursuivre toujours la mort de votre amant.
Madame, il vaut bien mieux que sa rare vaillance,
Lui couronnant le front[2], vous impose silence ;
Que la loi du combat étouffe vos soupirs,
Et que le Roi vous force à suivre vos désirs.

CHIMÈNE

Quand il sera vainqueur, crois-tu que je me rende ?
Mon devoir est trop fort, et ma perte trop grande ;
Et ce n'est pas assez pour leur faire la loi[3]

Notes

1. **puissant moteur** : métaphore désignant Dieu, que le théâtre non religieux évite de nommer.

2. **Lui couronnant le front** (sous-entendu : *de laurier*) : en lui donnant la victoire.

3. **pour leur faire la loi** : pour effacer mon devoir et ma perte.

Que celle du combat et le vouloir[1] du Roi.
Il peut vaincre don Sanche avec fort peu de peine,
Mais non pas avec lui la gloire de Chimène ;
Et quoi qu'à sa victoire un monarque ait promis,
Mon honneur lui fera mille autres ennemis.

ELVIRE

Gardez[2], pour vous punir de cet orgueil étrange,
Que le ciel à la fin ne souffre qu'on vous venge.
Quoi ! vous voulez encor refuser le bonheur
De pouvoir maintenant vous taire avec honneur ?
Que prétend ce devoir, et qu'est-ce qu'il espère ?
La mort de votre amant vous rendra-t-elle un père ?
Est-ce trop peu pour vous que d'un coup[3] de malheur ?
Faut-il perte sur perte, et douleur sur douleur ?
Allez, dans le caprice[4] où votre humeur s'obstine,
Vous ne méritez pas l'amant qu'on vous destine ;
Et nous verrons du ciel l'équitable courroux[5]
Vous laisser, par sa mort, don Sanche pour époux.

CHIMÈNE

Elvire, c'est assez des peines que j'endure,
Ne les redouble point de ce funeste augure[6].
Je veux, si je le puis, les éviter tous deux ;
Sinon, en ce combat Rodrigue a tous mes vœux[7] :
Non qu'une folle ardeur de son côté me penche ;
Mais s'il était vaincu, je serais à don Sanche ;
Cette appréhension fait naître mon souhait.
Que vois-je, malheureuse ? Elvire, c'en est fait.

Notes

1. **le vouloir** : la volonté.
2. **Gardez** : prenez garde.
3. **d'un coup** : d'un seul coup.
4. **caprice** : décision absurde.
5. **équitable courroux** : juste colère.
6. **funeste augure** : présage malheureux.
7. **a tous mes vœux** : a ma préférence.

SCÈNE 5

DON SANCHE, CHIMÈNE, ELVIRE

DON SANCHE

Obligé d'apporter à vos pieds cette épée...

CHIMÈNE

Quoi ? du sang de Rodrigue encor toute trempée ?[1]
Perfide, oses-tu bien te montrer à mes yeux,
Après m'avoir ôté ce que j'aimais le mieux ?
Éclate, mon amour, tu n'as plus rien à craindre :
Mon père est satisfait, cesse de te contraindre.
Un même coup a mis ma gloire en sûreté,
Mon âme au désespoir, ma flamme en liberté.

DON SANCHE

D'un esprit plus rassis[2]...

CHIMÈNE

Tu me parles encore,
Exécrable assassin d'un héros que j'adore ?
Va, tu l'as pris en traître ; un guerrier si vaillant
N'eût jamais succombé sous un tel assaillant.
N'espère rien de moi, tu ne m'as point servie :
En croyant me venger, tu m'as ôté la vie.

DON SANCHE

Étrange impression[3], qui loin de m'écouter...

CHIMÈNE

Veux-tu que de sa mort je t'écoute vanter,
Que j'entende à loisir avec quelle insolence
Tu peindras son malheur, mon crime et ta vaillance ?

Notes

1. Comparez ce vers avec le v. 858 (acte III, scène 4).
2. **rassis** : calme.
3. **Étrange impression** : réaction incroyable.

SCÈNE 6

DON FERNAND, DON DIÈGUE, DON ARIAS,
DON SANCHE, DON ALONSE, CHIMÈNE, ELVIRE

(Chez le Roi.)

CHIMÈNE

Sire, il n'est plus besoin de vous dissimuler
Ce que tous mes efforts ne vous ont pu celer[1].
J'aimais, vous l'avez su ; mais pour venger mon père,
J'ai bien voulu proscrire[2] une tête si chère :
Votre Majesté, Sire, elle-même a pu voir
Comme j'ai fait céder mon amour au devoir.
Enfin Rodrigue est mort, et sa mort m'a changée
D'implacable ennemie en amante affligée.
J'ai dû cette vengeance à qui m'a mise au jour[3],
Et je dois maintenant ces pleurs à mon amour.
Don Sanche m'a perdue en prenant ma défense,
Et du bras qui me perd[4] je suis la récompense !
Sire, si la pitié peut émouvoir un roi,
De grâce, révoquez une si dure loi ;
Pour prix d'une victoire où je perds ce que j'aime,
Je lui laisse mon bien[5] ; qu'il me laisse à moi-même ;
Qu'en un cloître sacré[6] je pleure incessamment[7],
Jusqu'au dernier soupir, mon père et mon amant.

DON DIÈGUE

Enfin, elle aime, Sire, et ne croit plus un crime
D'avouer par sa bouche un amour légitime.

Notes

1. **celer** : cacher.
2. **proscrire** : mettre à prix.
3. **à qui m'a mise au jour** : à mon père.
4. **qui me perd** : qui fait mon malheur.
5. **mon bien** : ma fortune.
6. **cloître sacré** : couvent.
7. **incessamment** : continuellement.

DON FERNAND

Chimène, sors d'erreur, ton amant n'est pas mort,
Et don Sanche vaincu t'a fait un faux rapport.

DON SANCHE

Sire, un peu trop d'ardeur malgré moi l'a déçue[1] :
Je venais du combat lui raconter l'issue.
Ce généreux guerrier dont son cœur est charmé :
« Ne crains rien, m'a-t-il dit, quand il m'a désarmé ;
Je laisserais plutôt la victoire incertaine,
Que de répandre un sang hasardé[2] pour Chimène ;
Mais puisque mon devoir m'appelle auprès du Roi,
Va de notre combat l'entretenir[3] pour moi,
De la part du vainqueur lui porter ton épée. »
Sire, j'y suis venu : cet objet l'a trompée ;
Elle m'a cru vainqueur, me voyant de retour,
Et soudain sa colère a trahi son amour
Avec tant de transport et tant d'impatience,
Que je n'ai pu gagner un moment d'audience[4].
Pour moi, bien que vaincu, je me répute heureux[5] ;
Et malgré l'intérêt de mon cœur amoureux,
Perdant infiniment, j'aime encor ma défaite,
Qui fait le beau succès[6] d'une amour[7] si parfaite.

DON FERNAND

Ma fille, il ne faut point rougir d'un si beau feu,
Ni chercher les moyens d'en faire un désaveu[8].
Une louable honte en vain t'en sollicite.
Ta gloire est dégagée et ton honneur est quitte ;
Ton père est satisfait, et c'était le venger

Notes

1. **déçue** : trompée.
2. **hasardé** : risqué.
3. **l'entretenir** : parler à Chimène.
4. **audience** : attention.
5. **je me répute heureux** : je m'estime heureux.
6. **beau succès** : heureux dénouement.
7. **une amour** : le féminin est admis au XVIIe siècle.
8. **d'en faire un désaveu** : de le nier.

Que mettre tant de fois ton Rodrigue en danger.
Tu vois comme le ciel autrement en dispose[1].
Ayant tant fait pour lui[2], fais pour toi quelque chose,
Et ne sois point rebelle à mon commandement,
Qui te donne un époux aimé si chèrement.

SCÈNE 7

DON FERNAND, DON DIÈGUE, DON ARIAS,
DON RODRIGUE, DON ALONSE, DON SANCHE,
L'INFANTE, CHIMÈNE, LÉONOR, ELVIRE

L'INFANTE

Sèche tes pleurs, Chimène, et reçois sans tristesse
Ce généreux vainqueur des mains de ta princesse.

DON RODRIGUE

Ne vous offensez point, Sire, si devant vous
Un respect amoureux me jette à ses genoux.
Je ne viens point ici demander ma conquête :
Je viens tout de nouveau vous apporter ma tête,
Madame; mon amour n'emploiera point pour moi
Ni la loi du combat, ni le vouloir du Roi.
Si tout ce qui s'est fait est trop peu pour un père,
Dites par quels moyens il vous faut satisfaire.
Faut-il combattre encor mille et mille rivaux,
Aux deux bouts de la terre étendre mes travaux[3],
Forcer moi seul un camp, mettre en fuite une armée,
Des héros fabuleux[4] passer[5] la renommée?
Si mon crime par là se peut enfin laver,
J'ose tout entreprendre, et puis tout achever;

Notes

1. **en dispose** : en décide.
2. **lui** : ton père.
3. **travaux** : exploits, en référence aux travaux d'Hercule.
4. **fabuleux** : de la mythologie.
5. **passer** : surpasser.

Mais si ce fier honneur, toujours inexorable,
Ne se peut apaiser sans la mort du coupable,
N'armez plus contre moi le pouvoir des humains :
Ma tête est à vos pieds, vengez-vous par vos mains ;
Vos mains seules ont droit de vaincre un invincible ;
Prenez une vengeance à tout autre impossible,
Mais du moins que ma mort suffise à me punir :
Ne me bannissez point de votre souvenir ;
Et puisque mon trépas conserve votre gloire,
Pour vous en revancher[1] conservez ma mémoire,
Et dites quelquefois, en déplorant mon sort :
« S'il ne m'avait aimée, il ne serait pas mort. »

CHIMÈNE

Relève-toi, Rodrigue. Il faut l'avouer, Sire,
Je vous en ai trop dit pour m'en pouvoir dédire[2].
Rodrigue a des vertus que je ne puis haïr ;
Et quand un roi commande, on lui doit obéir.
Mais à quoi que déjà vous m'ayez condamnée,
Pourrez-vous à vos yeux souffrir cet hyménée[3] ?
Et quand de mon devoir vous voulez cet effort,
Toute votre justice en[4] est-elle d'accord ?
Si Rodrigue à l'État devient si nécessaire,
De ce qu'il fait pour vous dois-je être le salaire,
Et me livrer moi-même au reproche éternel
D'avoir trempé mes mains dans le sang paternel ?

DON FERNAND

Le temps assez souvent a rendu légitime
Ce qui semblait d'abord ne se pouvoir sans crime :
Rodrigue t'a gagnée, et tu dois être à lui.
Mais quoique sa valeur t'ait conquise aujourd'hui,

Notes

1. Pour vous en revancher : en compensation de ma mort.
2. dédire : contredire, nier.
3. hyménée : mariage.
4. en : de ce mariage.

Il faudrait que je fusse ennemi de ta gloire
Pour lui donner sitôt le prix de sa victoire.
Cet hymen différé ne rompt point une loi
Qui sans marquer de temps lui destine ta foi[1].
Prends un an, si tu veux, pour essuyer tes larmes.
Rodrigue, cependant[2], il faut prendre les armes.
Après avoir vaincu les Mores sur nos bords,
Renversé leurs desseins, repoussé leurs efforts,
Va jusqu'en leur pays leur reporter la guerre,
Commander mon armée, et ravager leur terre :
À ce nom seul de Cid ils trembleront d'effroi;
Ils t'ont nommé seigneur, et te voudront pour roi.
Mais parmi tes hauts faits sois-lui toujours fidèle :
Reviens-en, s'il se peut, encor plus digne d'elle;
Et par tes grands exploits fais-toi si bien priser[3],
Qu'il lui soit glorieux alors de t'épouser.

DON RODRIGUE

Pour posséder Chimène, et pour votre service,
Que peut-on m'ordonner que mon bras n'accomplisse?
Quoi qu'absent de ses yeux il me faille endurer[4],
Sire, ce m'est trop d'heur[5] de pouvoir espérer.

DON FERNAND

Espère en ton courage, espère en ma promesse;
Et possédant déjà le cœur de ta maîtresse,
Pour vaincre un point d'honneur qui combat contre toi,
Laisse faire le temps, ta vaillance et ton roi.

Notes

1. **lui destine ta foi** : lui promet ta main.
2. **cependant** : pendant ce temps.
3. **priser** : estimer.
4. **Quoi [...] endurer** : quelles que soient mes souffrances loin d'elle.
5. **ce m'est trop d'heur** : c'est un très grand bonheur pour moi.

Quel dénouement pour la tragi-comédie ?

Questions sur la scène 7 de l'acte V (pp. 123 à 125)

Que s'est-il passé entre-temps ?

1 Quel piège le roi tend-il à Chimène pour mettre à l'épreuve ses sentiments envers Rodrigue (acte IV) ?

2 Quel duel a lieu ensuite ? Quelle doit être la récompense du vainqueur ?

3 Que croit Chimène lorsque Don Sanche lui apporte son épée ? Que demande-t-elle alors au roi ?

Avez-vous bien lu ?

4 Que propose, une nouvelle fois, Rodrigue à Chimène ?

5 Quelles sont les réactions de Chimène ? Entourez chaque bonne réponse.

a) Elle demande à Rodrigue de partir.	❑ Vrai	❑ Faux
b) Elle avoue son amour pour lui.	❑ Vrai	❑ Faux
c) Elle souhaite se marier avec lui le plus vite possible.	❑ Vrai	❑ Faux
d) Elle a totalement oublié le meurtre de son père.	❑ Vrai	❑ Faux
e) Elle veut obéir au roi.	❑ Vrai	❑ Faux

6 Quelle est la décision finale du roi ?

Rodrigue, héritier du chevalier courtois

L'amour courtois

Dans la tradition du Moyen Âge, l'amour courtois désigne un amour parfait, sincère et respectueux, qui passe, notamment, par la soumission totale du chevalier à sa dame.

7 Relevez 2 didascalies internes* qui montrent la soumission de Rodrigue, d'une part, et le relatif pardon de Chimène, d'autre part.

8 Relevez toutes les expressions qui montrent que, pour Rodrigue, Chimène est la seule personne légitime pour juger de son sort.

*** *didascalies internes* : indications de mise en scène fournies par un personnage dans ses propos.**

9 Repérez le champ lexical* de l'amour dans la tirade de Rodrigue (v. 1775 à 1800). Au terme de la pièce, ses sentiments pour Chimène ont-ils changé ? Justifiez votre réponse.

*** *champ lexical* : ensemble de mots se rapportant à un même thème.**

10 Par quelles hyperboles* Rodrigue rappelle-t-il qu'il est un héros ?

11 Montrez que le roi lui ordonne, cependant, une nouvelle épreuve pour mériter Chimène. Quels liens établit-il entre la conquête guerrière et la conquête amoureuse ?

*** *hyperboles* : exagérations pour mettre en valeur une idée.**

Chimène, dame inflexible ?

12 À l'aide de quelle figure de style Chimène fait-elle part au roi de ses sentiments pour Rodrigue (v. 1801 à 1812) ? Pourquoi, à votre avis, utilise-t-elle ce procédé ? Dans quelle scène étudiée y a-t-elle déjà eu recours ?

13. Pour quelle raison, selon Chimène, le roi lui présente-t-il comme un devoir le fait de se marier avec Rodrigue ? Quel mot dépréciatif* utilise-t-elle, alors, pour désigner son rôle dans ce mariage ?

* ***dépréciatif* : qui dévalorise.**

14. Grâce à quel type de phrases Chimène exprime-t-elle son désarroi ?

15. Chimène a-t-elle changé ? Résumez dans quel état d'esprit se trouve la jeune fille à l'issue de la pièce.

ÉTUDIER LE DÉNOUEMENT D'UNE PIÈCE DE THÉÂTRE

Tragi-comédie et tragédie

Le Cid est une tragi-comédie à laquelle Corneille donne des allures de tragédie. Reportez-vous au dossier (p. 141) pour comprendre les caractéristiques des 2 genres.

16. Corneille utilise le langage classique de la tragédie dans le dénouement. Retrouvez, dans le texte, quels sont les mots qui correspondent à ceux que nous utilisons couramment :

bonheur – exploits guerriers – mariage – mort – noble – promesse de mariage – réputation

17. Comparez la liste des personnages présents sur scène et celle des personnages de la pièce (p. 10). Que remarquez-vous ? Quel est l'effet produit ?

18. Comment Corneille fait-il triompher l'autorité du roi ?

19. Comment la solution du dénouement « différé », imaginée par le roi, ménage-t-elle à la fois les sentiments de Chimène et la règle de bienséance* ?

20. Selon vous, le dénouement est-il heureux ? Justifiez votre réponse.

* ***règle de bienséance* : au XVIIe siècle, rien ne doit choquer le public, y compris sur le plan de la morale.**

À vos plumes !

21. Imaginez un autre dénouement.

Expression orale

22. Jouez la scène en rendant particulièrement expressifs tous les personnages, y compris celui de l'Infante.

23. Imaginez un décor, des costumes, des lumières, etc. pour amplifier cette scène finale.

Retour sur l'œuvre

Activités autour du *Cid*

L'ACTION

1. Replacer dans l'ordre chronologique, en les numérotant, les événements suivants :

a) Rodrigue combat contre les Mores.	
b) Don Diègue est choisi pour être gouverneur du fils du roi.	
c) L'Infante avoue à Léonor son amour pour Rodrigue.	
d) Rodrigue doit repartir combattre les Mores sur leurs propres terres.	
e) Rodrigue tue le Comte.	
f) Rodrigue se bat en duel contre Don Sanche.	
g) Le père de Chimène gifle celui de Rodrigue.	
h) Le roi annonce à Chimène la mort de Rodrigue au combat.	
i) Rodrigue se rend chez Chimène pour réclamer qu'elle lui donne la mort.	

LES PERSONNAGES

2. Reliez chaque personnage à la relation qu'il entretient avec Chimère.

Le Comte •	• Une orpheline à protéger
Don Sanche •	• La femme aimée : *« Ma Chimène »*
Elvire •	• La femme aimée mais indifférente
L'Infante •	• L'amie et la rivale
Rodrigue •	• La fille
Le roi •	• La jeune fille que l'on doit éduquer et surveiller

3 Même exercice pour Rodrigue.

Chimène •	• Un fils
Le Comte •	• Un prétendant pour sa fille
Don Diègue •	• Un guerrier héroïque
Don Sanche •	• L'amant
L'Infante •	• Le rival
Les Mores •	• L'homme aimé en secret
Le roi •	• Le Cid

Dire l'amour au XVIIe siècle et au théâtre

4 Les mots ou expressions suivants appartiennent au lexique amoureux de la langue classique utilisé par Corneille dans sa pièce. Montrez que vous comprenez leur sens en complétant ce texte à trous.

amants – *amoureux* – *appâts* – *ce cher objet* – *déplaisir* (désespoir) – *ennui* (douleur) – *épris* – *feux* – *flamme* – *foi* – *hymen* – *inclination* – *infortunés* – *liens* – *mon âme* – *transports* – *une amour si parfaite*

Chimène possède de nombreux ...... qui ont fait que Rodrigue s'est ...... d'elle. Leurs sentiments, encore appelés ...... ou ......, sont réciproques ; les jeunes gens sont donc des .... À l'inverse, l'infante ou Don Sanche, qui ne sont pas aimés en retour, ne sont que des ...... ; n'étant pas favorisés par le destin, on dit qu'ils sont .... La passion est nommée par 2 mots appartenant au même champ lexical : ...... et .... La femme aimée est désignée par les expressions ...... et .... Rodrigue et Chimène espèrent le mariage, aussi appelé .... À la fin de la pièce, ils engagent leur ...... en vue de ce mariage. Mais, avant d'y parvenir, ils éprouvent des ...... ou douleurs les conduisant au .... Bouleversés tout au long de la pièce, les deux héros expriment leur émotion par des .... Bref, Chimène et Rodrigue sont l'illustration d'...... .

UNE NOTION CLÉ : L'HONNEUR

5 Le mot *honneur* donne lieu à plusieurs mots de la même famille, c'est-à-dire bâtis sur le même radical. Replacez ces mots en face de leur définition.

déshonneur – honorifique – honorer – honnête – honorable – honoraires

a) Rendre hommage : ....

b) Respectable : ....

c) Qui respecte les règles : ....

d) Gains pour un service rendu : ....

e) Qui fait perdre sa réputation : ....

f) Qui apporte une gloire symbolique : ....

L'OMBRE DE LA MORT

6 Le sang coule dans la pièce ou menace encore de couler davantage. Complétez ce tableau.

MEURTRES		
Meurtrier(s)	**Victime(s)**	**Mobile**
Rodrigue	....	....
....	Les Mores	....
Les Mores	....	....
MENACES DE MORT		
Personne menaçante	**Personne menacée**	**Mobile**
Chimène	....	....
Don Sanche	....	....
Rodrigue	....	....
....	Don Diègue	....

Dossier Bibliocollège

Le Cid

Le roi Louis XIII par Simon Vouet (vers 1636-1638).
Les femmes agenouillées symbolisent la France et la Navarre.

1 L'essentiel sur l'œuvre

La pièce est **créée en janvier 1637** au théâtre du Marais, à Paris, et publiée le 23 mars. Elle est **modifiée dès 1648**, puis en 1660 et 1682, pour mieux obéir aux règles classiques.

Corneille a été inspiré par **la littérature espagnole** et l'histoire de **Rodrigo Díaz de Vivar**, guerrier espagnol du XIe siècle qui s'est illustré lors de la reconquête de l'Espagne par les chrétiens. Il reçut des Mores le nom de Cid (de l'arabe *sayyid*, « seigneur ») et du roi la main de Chimène.

Le Cid

Le Cid est une **tragi-comédie**, genre alors à la mode, caractérisé par une action complexe et spectaculaire. Il s'agit, traditionnellement, d'une histoire d'amour qui se heurte à des obstacles mais dont la fin est heureuse. L'originalité du *Cid* tient au conflit intérieur (le **dilemme cornélien**) des 2 héros, partagés entre l'honneur et l'amour, qui rapproche la pièce du genre de la **tragédie**.

Le **succès** du *Cid* est **immense et immédiat**, y compris auprès du roi et de son puissant ministre, Richelieu. La pièce est sans cesse reprise et traduite dans toute l'Europe.

2 La pièce en un coup d'œil

ACTE I – Exposition et déclenchement de l'action	
Situation initiale	• Rodrigue et Chimène, jeunes nobles, s'aiment, et leurs pères sont d'accord pour les marier. • L'Infante aime Rodrigue en secret mais ne peut l'épouser car il est d'un rang inférieur au sien. • Le roi préfère le père de Rodrigue (Don Diègue) à celui de Chimène (le Comte) pour être le gouverneur de son fils.
Éléments perturbateurs	• Querelle entre Don Diègue et le Comte, qui le gifle. • Don Diègue, très âgé, demande à son fils Rodrigue de le venger. • Dilemme de Rodrigue partagé entre l'honneur et l'amour.
ACTE II – Le nœud de l'action et sa suite judiciaire	
Péripétie n° 1	• L'Infante et Chimène cherchent un moyen d'éviter le duel, mais trop tard. • Rodrigue tue le Comte en duel (1er exploit car le Comte est un vaillant guerrier et Rodrigue inexpérimenté). • L'Infante reprend espoir car, par cet exploit, Rodrigue pourrait devenir digne d'elle.
Péripétie n° 2	• Chimène demande vengeance au roi et réclame la tête de Rodrigue qu'elle continue d'aimer. • Don Diègue demande à être tué à la place de son fils. • Le roi veut gagner du temps avant de prendre sa décision.
ACTE III – Amour impossible et possibilité d'une ouverture	
Conséquences sur l'intrigue amoureuse	• Don Sanche, qui aime Chimène, propose de la venger. • Chimène avoue à Elvire son amour pour Rodrigue, malgré le meurtre. • Rodrigue demande à Chimène qu'elle le tue de sa main. • Chimène avoue à Rodrigue qu'elle l'aime et s'engage à mourir s'il meurt.
Diversion : menace extérieure	• On annonce que les Mores se préparent à attaquer la ville. • Don Diègue veut que son fils confirme sa valeur en prenant la tête de l'armée du roi.
Pas d'action à proprement parler dans cet acte.	

ACTE IV – Triomphe militaire de Rodrigue : vers une issue heureuse ?	
Péripétie n° 3	• Nouvel exploit de Rodrigue qui a vaincu l'ennemi extérieur. • Ce second exploit rend Chimène (et l'Infante) encore plus amoureuse(s). • Pourtant, Chimène ne renonce pas à vouloir venger son père.
Éléments de résolution	• Le roi écarte définitivement l'idée de tuer Rodrigue, qui a rendu un grand service à l'État et dont la valeur guerrière est prometteuse. • Le roi tente de résoudre aussi l'intrigue amoureuse en mettant à l'épreuve les sentiments de Chimène pour Rodrigue. • Bien que son amour soit connu du roi, Chimène demande un duel judiciaire. • Le roi accepte le duel entre Rodrigue et Don Sanche et exige que Chimène épouse le vainqueur.
ACTE V – Nouvelle épreuve et projet pour un dénouement… différé	
Suite de l'intrigue amoureuse	• Chimène avoue, une nouvelle fois, son amour à Rodrigue car elle veut qu'il gagne le duel. • L'Infante se résigne devant cet amour que rien ne peut détruire.
Péripétie n° 4 : quiproquo tragique	• Duel entre Rodrigue et Don Sanche. • Chimène croit Rodrigue mort et avoue à Don Sanche qu'elle aime Rodrigue.
Suite de l'intrigue amoureuse	• Chimène avoue au roi son amour pour Rodrigue. • Don Sanche s'efface devant un amour aussi parfait. • Le roi ordonne que Chimène épouse Rodrigue.
Dénouement	• Le mariage est repoussé d'un an pour ménager le deuil de Chimène. • Période que Rodrigue devra occuper à faire d'autres conquêtes guerrières pour se montrer digne de Chimène.
Situation finale	• Rodrigue et Chimène s'aiment, et le roi leur ordonne de se marier dans un an.

3 Le monde de Pierre Corneille

LA FRANCE EN 1637

Vers la monarchie absolue

Le roi **Louis XIII** et son tout-puissant ministre **Richelieu** gouvernent la France, encore mal remise des guerres de Religion qui ont déchiré le pays. Ils cherchent à renforcer la monarchie contre l'opposition des nobles.

L'interdiction du duel

Les grands seigneurs manifestent encore une certaine indépendance, héritée de la féodalité. Ils aiment se battre, mais le duel est **interdit en 1626**, car le royaume perd ainsi trop d'hommes de grande qualité. *Le Cid* fait écho à cette actualité.

Les relations avec l'Espagne

En 1635, Louis XIII s'engage dans la **guerre de Trente Ans**, qui a débuté en 1618. Dans ce conflit qui déchire l'Europe, la France combat surtout l'Espagne, qui envahit le Nord de la France au moment où Corneille écrit *Le Cid*. La victoire de Rodrigue contre les Mores n'est pas sans évoquer celle de Richelieu sur les troupes espagnoles.

Les arts au service du roi

Richelieu, homme d'une grande culture et amateur de théâtre, a l'idée d'utiliser les arts pour **célébrer le pouvoir royal** et **instaurer des normes** (il a créé l'Académie française en 1634). Dans *Le Cid*, c'est, ainsi, l'autorité du roi qui met fin à la querelle des 2 familles nobles.

LE THÉÂTRE EN FRANCE EN 1637

Où joue-t-on ?

Au début du XVIIe siècle, les troupes de comédiens sont itinérantes et jouent en province, à Paris, voire à l'étranger. Mais, en 1637, Paris dispose de 2 salles fixes rivales : l'**Hôtel de Bourgogne**, subventionnée par le roi, et le **théâtre du Marais**. Les plus célèbres pièces y sont jouées.

Le statut des comédiens

Les comédiens sont **pauvres**, même si Richelieu améliore leur sort en leur donnant un statut. De plus, leurs mœurs très libres leur donnent mauvaise réputation et leur valent d'être **excommuniés** par l'Église et, ainsi, privés d'enterrement religieux.

Quel est le public ?

Le théâtre est un **divertissement majeur** au XVIIe siècle. Nobles et grands bourgeois s'y rendent quotidiennement ; la petite bourgeoisie va au théâtre le dimanche ; le petit peuple n'y va pas, sauf les serviteurs qui accompagnent leurs maîtres. L'ambiance est toujours très agitée, et la représentation souvent interrompue.

Le statut des auteurs de théâtre

Leur statut est officiellement **reconnu en 1641**, grâce à Richelieu : ils reçoivent des subventions et des pensions. Cela favorise la création théâtrale, mais limite la liberté d'expression. Comme ils sont payés au pourcentage d'entrées, leur mot d'ordre est donc de plaire.

DU BAROQUE AU CLASSICISME

Un courant européen : le baroque

Le baroque (du portugais *barroco*, « perle irrégulière ») domine la 1re moitié du XVIIe siècle. Il est caractérisé par le **goût de l'excès**, des ornements riches et voyants, des métamorphoses et de l'artifice. Les pièces baroques (comme *L'Illusion comique*, *Le Cid*) multiplient les **intrigues** et les **rebondissements**.

Un courant français : le classicisme

Ce courant apparaît au moment où Corneille triomphe avec *Le Cid*. Il ne cesse de prendre de l'ampleur, pour dominer toutes les formes d'arts sous le règne de Louis XIV (1661-1715). Il **s'impose au théâtre** et recommande rigueur, équilibre, simplicité et vraisemblance. Les auteurs de tragédies doivent s'inspirer de l'Antiquité.

La « querelle du *Cid* »

La violente riposte des ennemis de Corneille est à la hauteur du triomphe : on lui reproche, comme à tout auteur baroque, de ne pas respecter les règles classiques (voir p. 142). Débutée en février 1637, la querelle s'achève en décembre 1638 avec le verdict de l'Académie française qui approuve les critiques mais salue le talent de Corneille. Cette querelle fait date car elle **marque le passage** de la tragi-comédie à la tragédie et **du baroque au classicisme**. Elle contribue à fixer les règles qui s'imposent, désormais, dans le théâtre classique.

4 De la tragi-comédie à la tragédie

Qualifiée de « tragi-comédie » lors de sa parution en 1637, la pièce *Le Cid* est rebaptisée « tragédie » par son auteur après la querelle qui l'a opposé à ses contemporains et les modifications qu'il a apportées à son texte en 1648. Nous verrons dans quelle mesure cette pièce appartient à l'un ou l'autre genre ou s'en rapproche.

I – Les genres théâtraux au XVIIe siècle

Au XVIIe siècle, 3 genres théâtraux coexistent, chacun avec ses spécificités. À l'époque où Corneille commence à écrire, ces genres ne sont pas strictement codifiés.

➠ La comédie

La comédie, alors considérée comme un **genre mineur**, choisit ses personnages dans la petite noblesse ou la bourgeoisie, et dans le peuple lorsqu'il s'agit d'une farce. Le ton est gai, les tensions sont résolues, et le dénouement est heureux. Le rôle de la comédie est de divertir, mais aussi de se moquer des comportements ridicules ou inappropriés. Rien dans *Le Cid*, du moins dans la 2e version de 1648, ne relève de ce genre.

À RETENIR
La comédie met en scène la petite noblesse ou la bourgeoisie et se finit bien.

➠ La tragi-comédie

La tragi-comédie, qui est entre la comédie et la tragédie, domine la scène théâtrale à l'époque où Corneille écrit *Le Cid*. C'est donc sans surprise qu'il inscrit sa pièce dans ce genre. La tragi-comédie se rattache au **mouvement baroque** (voir ci-contre) par son invention, son imagination et ses situations peu réalistes. Les personnages sont nobles et vivent toutes sortes d'aventures : des duels, des emprisonnements, des naufrages, des retrouvailles… Tout est permis, y compris l'intervention du merveilleux. Les lieux et les décors sont multiples, la durée de l'action n'est pas fixée (elle peut, parfois, s'étaler

À RETENIR
La tragi-comédie mélange les genres, met en scène des nobles et se finit bien.

sur plusieurs mois), et il est possible de passer, au gré des scènes, du registre comique au registre tragique. Bref, c'est un théâtre très libre, mais aussi très brouillon et favorable à des outrances qui peuvent choquer. Et, contrairement à la tragédie, le dénouement est heureux.

➡ La tragédie

Genre de plus en plus apprécié en France à partir de 1630, la tragédie, qui met en scène la royauté et la haute noblesse, se caractérise par **une tension dramatique permanente** et un dénouement malheureux. Ce genre va donner au théâtre de nouvelles règles qui reposent sur 2 impératifs : la vraisemblance et la bienséance.

> **À RETENIR**
> La tragédie met en scène la royauté et la haute noblesse et se finit mal.

La **vraisemblance** impose que tous les événements soient crédibles et que la **règle des 3 unités** soit respectée : unité de lieu (un seul décor), unité de temps (toute l'intrigue doit se dérouler en 24 heures au maximum) et unité d'action (une seule intrigue).
La **bienséance** exige qu'aucune violence ne soit montrée sur scène et que les personnages soient de haut rang et s'expriment dans un langage soutenu que vient renforcer l'alexandrin.
Impossible, désormais, de mélanger les registres : les personnages se battent avec courage contre des obstacles insurmontables. Ils subissent, impuissants, leur destin et sont victimes de cette fatalité.
Voilà ce que l'on attend, à l'époque de Corneille, du genre le plus élevé et le plus admiré au théâtre.

II – À quel genre théâtral appartient *Le Cid* ?

> **À RETENIR**
> Le dénouement, potentiellement heureux, ainsi que l'abondance d'actions spectaculaires rangent *Le Cid* du côté de la tragi-comédie.

➡ Une pièce tragi-comique ?

Plusieurs éléments permettent de l'affirmer. Même si toute l'action se déroule à Séville (unité de lieu), les lieux sont multiples (le palais du roi, la demeure de Chimène…), et les intrigues et péripéties très nombreuses (Rodrigue est aimé par Chimène et l'Infante, et Chimène par Rodrigue et Don Sanche), comme

dans une tragi-comédie. À cela, il faut ajouter une gifle, un quiproquo (lorsque Chimène croit Rodrigue mort), deux duels, et, surtout, un dénouement qui satisfait tout le monde.
De plus, **certains aspects de la pièce l'éloignent de la tragédie :**
– **le cadre :** Corneille n'a pas situé son action dans l'Antiquité, comme d'ordinaire dans une tragédie, mais s'est inspiré de l'actualité récente en utilisant une source espagnole de 1618 (*Les Enfances du Cid* de Guillén de Castro) ;
– **la règle des 3 unités :** si elle est globalement respectée, l'incroyable succession d'actions en 24 heures a pu être jugée invraisemblable ;
– **la bienséance :** en envisageant la possibilité qu'une femme puisse épouser l'assassin de son père et en laissant Rodrigue se rendre dans la demeure de Chimène, Corneille ne la respecte pas.
Toutefois, si la 1re version du *Cid* (1637) correspond au genre de la tragi-comédie, Corneille ne cède pas à la facilité : pas de fausses identités qui auraient permis d'éviter un affrontement direct entre les 2 jeunes gens, pas de révélation soudaine (par exemple, que Chimène n'était pas la fille de Don Gomès – procédé tragi-comique habituel) pour justifier un dénouement heureux. **Corneille dépasse, ainsi, les codes de la tragi-comédie et donne à sa pièce des aspects tragiques.**

Une pièce tragique ?

Sensible aux reproches de ses contemporains, Corneille revoit son texte en 1648 afin de le rendre plus conforme aux exigences de la tragédie : il resserre et simplifie un peu l'action, il rend le dénouement heureux moins certain et il supprime certains vers jugés choquants (v. 1833-1834 : « *Qu'un même jour commence et finisse mon deuil, / Mette en mon lit Rodrigue, et mon père au cercueil ?* »).

À RETENIR
Les héros du *Cid*, confrontés à un dilemme, un choix impossible entre l'amour et l'honneur, ont la grandeur des héros tragiques.

La version de 1648 (puis celle de 1660), que nous étudions de nos jours, **présente, ainsi, des points communs avec le genre de la tragédie :**
– **Les 3 unités** sont globalement respectées : toute l'action se déroule à Séville, en 24 heures (unités de lieu et de temps), et chaque scène

contribue à faire avancer l'intrigue principale (unité d'action) – le mariage entre Rodrigue et Chimène, annoncé dès la scène 1, sera-t-il possible ?
– **La bataille contre les Mores,** comme dans une tragédie, n'est pas représentée sur scène mais seulement racontée : le langage prend donc le pas sur le spectaculaire, dont raffole pourtant la tragi-comédie.
– **Les personnages** sont de la plus haute noblesse, et le roi lui-même joue un rôle important. Comme les héros tragiques, les 2 jeunes gens se battent, avec courage et au nom d'un idéal, contre un destin qui les dépasse. Certes, ici, ce n'est pas une divinité ou une puissance supérieure qui fait obstacle à leur bonheur, mais, comme dans une tragédie, **le dilemme auquel les 2 héros sont confrontés**, déchirés entre leur devoir et leur passion amoureuse, **ne leur laisse d'autre choix pour résoudre ce conflit que de se préparer à mourir**. Bref, contrairement à Corneille, ils n'envisagent qu'un dénouement de tragédie !
Toutefois, même si la pièce est écrite en alexandrins, le goût de Corneille pour les figures de style et les formules la rattachent au genre de la tragi-comédie, qui aime tout ce qui est brillant et éclatant. Et le dénouement, qui laisse espérer une fin heureuse, ne peut permettre de classer *Le Cid* dans le genre de la tragédie classique. En revanche, on peut dire que **la « querelle du *Cid* »**, qui a porté le débat sur le genre de la pièce, **constitue l'acte de naissance de la tragédie**.

***Le Cid* reste donc définitivement une pièce inclassable.** S'il s'agit bien d'une tragi-comédie dans la conception et dans la forme, son enjeu, le conflit entre l'amour et l'honneur, et la manière exigeante dont les 2 jeunes héros l'incarnent lui donnent des accents tragiques. Malgré la mort qui rôde d'un bout à l'autre de l'intrigue, l'énergie vitale des héros et leur fougue passionnée, ainsi que le dilemme cornélien auquel ils sont confrontés contribuent au caractère universel de la pièce. Tragi-comédie ou tragédie, qu'importe aujourd'hui ? Comme le public de l'époque, nous sommes surtout sensibles à l'idéal héroïque qui se débat et ne se résigne pas à mourir.

5 Conflit de valeurs et valeurs du conflit

Les valeurs désignent à la fois ce qui nous rend dignes d'estime et ce qui a de l'importance pour nous : le respect, la justice, l'entraide, l'honneur, par exemple. En général, nous partageons ces valeurs avec un groupe social ou culturel, à une époque donnée, même si certaines d'entre elles, comme l'amour, sont universelles. Tout le monde n'a donc pas les mêmes valeurs, et, parfois, des valeurs contradictoires entrent en conflit et provoquent en nous un débat. C'est ce qui se passe dans *Le Cid* de Corneille, où Rodrigue et Chimène sont déchirés entre leur amour et l'honneur qui dicte leur devoir.

Les 4 extraits proposés dans notre groupement de textes, qui appartiennent à des genres (fable, théâtre, roman) et des siècles (du XVIIe au XXe siècle) différents, montrent combien le conflit de valeurs (ou dilemme) donne matière à discussions et est un moteur qui non seulement fait avancer l'action dramatique, mais fait aussi progresser notre réflexion en tant que lecteur ou spectateur.

1) Jean de La Fontaine, *Fables*

La Fontaine (1621-1695) s'est rendu célèbre par ses fables qui utilisent souvent, comme c'est le cas ici, les animaux pour parler des hommes et dénoncer leurs défauts.

LA CIGALE ET LA FOURMI

La Cigale, ayant chanté
Tout l'été,
Se trouva fort dépourvue
Quand la bise fut venue :
Pas un seul petit morceau
De mouche ou de vermisseau.
Elle alla crier famine
Chez la Fourmi sa voisine,
La priant de lui prêter
Quelque grain pour subsister
Jusqu'à la saison nouvelle :
Je vous paierai, lui dit-elle,
Avant l'août, foi d'animal,
Intérêt et principal[1].
La Fourmi n'est pas prêteuse ;
C'est là son moindre défaut :
Que faisiez-vous au temps chaud ?
Dit-elle à cette emprunteuse. —
Nuit et jour à tout venant[2]
Je chantais, ne vous déplaise.
Vous chantiez ! j'en suis fort aise.
Hé bien ! dansez maintenant.

Jean de La Fontaine, *Fables*, livre I, 1668.

Notes

1. **Intérêt et principal :** la somme d'argent prêtée et, en bénéfice, un pourcentage de cette somme (les intérêts).

2. **à tout venant :** à tout le monde, en toute occasion.

Questions sur le texte 1

A. Quelles sont les 2 conceptions de la vie, les 2 valeurs qui s'opposent dans cette fable ?

B. La Fontaine tranche-t-il en faveur de l'une d'entre elles ? Et vous ?

2 Marivaux, *Le Jeu de l'amour et du hasard*

Cette comédie, jouée en 1730, est fondée sur l'inversion des rôles : Dorante et Silvia, 2 jeunes gens de condition sociale aisée, doivent se marier. Pour mieux se connaître et mettre à l'épreuve leurs sentiments respectifs, chacun a eu la même idée d'inverser les rôles avec son domestique : ainsi, Dorante se fait passer pour son valet Bourguignon et Silvia pour sa servante Lisette.

Scène 9

[...]

DORANTE. Si tu savais, Lisette, l'état où[1] je me trouve...

SILVIA. Oh, il n'est pas si curieux à savoir que le mien, je t'en assure.

DORANTE. Que peux-tu me reprocher ? Je ne me propose pas de te rendre sensible.

SILVIA, *à part*. Il ne faudrait pas s'y fier.

DORANTE. Et que pourrais-je espérer en tâchant de me faire aimer ? hélas ! quand même j'aurais[2] ton cœur...

SILVIA. Que le ciel m'en préserve ! quand tu l'aurais, tu ne le saurais pas, et je ferais si bien que je ne le saurais pas moi-même : tenez, quelle idée il lui vient là !

DORANTE. Il est donc bien vrai que tu ne me hais, ni ne m'aimes, ni ne m'aimeras ?

Notes

1. **où** : dans lequel.

2. **quand même j'aurais** : même si j'avais.

SILVIA. Sans difficulté[1].

DORANTE. Sans difficulté ! Qu'ai-je donc de si affreux ?

SILVIA. Rien, ce n'est pas là ce qui te nuit.

DORANTE. Eh bien, chère Lisette, dis-le-moi cent fois, que tu ne m'aimeras point.

SILVIA. Oh, je te l'ai assez dit, tâche de me croire.

DORANTE. Il faut que je le croie ! Désespère une passion dangereuse, sauve-moi des effets[2] que j'en crains ; tu ne me hais, ni ne m'aimes, ni ne m'aimeras ! accable mon cœur de cette certitude-là ! j'agis de bonne foi, donne-moi du secours contre moi-même, il m'est nécessaire, je te le demande à genoux. *(Il se jette à genoux. Dans ce moment, Monsieur Orgon et Mario entrent et ne disent mot.)*

Scène 10

SILVIA, *à part.* Ah, nous y voilà ! il ne manquait plus que cette façon-là[3] à mon aventure. Que je suis malheureuse ! c'est ma facilité[4] qui le place là. *(Haut.)* Lève-toi donc, Bourguignon, je t'en conjure ; il peut venir quelqu'un. Je dirai ce qu'il te plaira, que me veux-tu ? je ne te hais point, lève-toi, je t'aimerais si je pouvais ; tu ne me déplais point, cela doit te suffire.

DORANTE. Quoi ! Lisette, si je n'étais pas ce que je suis, si j'étais riche, d'une condition honnête[5], et que je t'aimasse autant que je t'aime, ton cœur n'aurait point de répugnance pour moi ?

SILVIA. Assurément.

DORANTE. Tu ne me haïrais pas, tu me souffrirais[6] ?

Notes

1. **Sans difficulté** : sans aucun doute.
2. **effets** : conséquences.
3. **cette façon-là** : cette manière d'agir.
4. **ma facilité** : ma complaisance, ma gentillesse.
5. **honnête** : qui mérite les honneurs.
6. **tu me souffrirais** : tu m'accepterais comme amant.

SILVIA. Volontiers, mais lève-toi.

DORANTE. Tu parais le dire sérieusement ; et si cela est, ma raison est perdue.

SILVIA. Je dis ce que tu veux, et tu ne te lèves point.

Marivaux, *Le Jeu de l'amour et du hasard*,
extrait des scènes 9 et 10 de l'acte II, 1730.

Questions sur le texte 2

A. Entre quelles valeurs les 2 jeunes héros sont-ils partagés ?

B. Repérez une réplique de Silvia empruntée à Chimène. Pourquoi, comme Chimène, ne dit-elle pas ses sentiments plus clairement ?

C. Pourquoi Dorante demande-t-il à Silvia de le repousser nettement ? À la fin de l'extrait, relevez une formule prononcée par le jeune homme qui montre à quel point ce conflit de valeurs est perturbant pour lui.

3 Victor Hugo, *Les Misérables*

L'ancien prisonnier Jean Valjean est devenu, après plusieurs péripéties, M. Madeleine, le maire respecté de Montreuil-sur-Mer. Peu avant cet extrait, il est rattrapé par son passé. L'inspecteur de police Javert est venu lui annoncer l'arrestation et le procès de Champmathieu, qui est soupçonné d'être… Jean Valjean.

[M. Madeleine] ralluma brusquement sa bougie.

– Eh bien quoi ! se dit-il, de quoi est-ce que j'ai peur ? qu'est-ce que j'ai à songer comme cela ? Me voilà sauvé. Tout est fini. Je n'avais plus qu'une porte entrouverte par laquelle mon passé pouvait faire irruption dans ma vie ; cette porte, la voilà murée ! à jamais ! Ce Javert qui me trouble depuis si longtemps, ce redoutable instinct qui semblait m'avoir deviné, qui m'avait deviné, pardieu ! et qui me suivait partout, cet affreux chien de chasse toujours en arrêt sur moi, le voilà dérouté, occupé ailleurs, absolument dépisté ! Il est satisfait désormais, il me laissera tranquille, il tient son Jean Valjean ! Qui sait même, il est probable qu'il voudra quitter la ville ! Et tout cela s'est fait sans moi ! Et je n'y suis pour rien ! Ah çà, mais ! qu'est-ce qu'il y a de malheureux dans ceci ? Des gens qui me verraient, parole d'honneur ! croiraient qu'il m'est arrivé une catastrophe ! Après tout, s'il y a du mal pour quelqu'un, ce n'est aucunement de ma faute. C'est la providence qui a tout fait. C'est qu'elle veut cela apparemment ! Ai-je le droit de déranger ce qu'elle arrange ? Qu'est-ce que je demande à présent ? De quoi est-ce que je vais me mêler ? Cela ne me regarde pas. Comment ! Je ne suis pas content ! Mais qu'est-ce qu'il me faut donc ? Le but auquel j'aspire depuis tant d'années, le songe de mes nuits, l'objet de mes prières au ciel, la sécurité, je l'atteins ! C'est Dieu qui le veut. Je n'ai rien à faire contre la volonté de Dieu. Et pourquoi Dieu le veut-il ? Pour que je continue ce que j'ai commencé, pour que je fasse le bien, pour que je sois un jour un grand et encourageant exemple, pour qu'il soit dit qu'il y a eu enfin un peu de bonheur attaché à cette pénitence[1] que j'ai subie et à cette vertu où je suis revenu ! Vraiment je ne comprends pas pourquoi j'ai eu peur tantôt d'entrer chez ce brave curé et de tout lui raconter comme à un confesseur, et de lui demander conseil, c'est évidemment là ce qu'il m'aurait dit. C'est décidé, laissons aller les choses ! laissons faire le bon Dieu !

[…]

Au bout de peu d'instants, il eut beau faire, il reprit ce sombre dialogue dans lequel c'était lui qui parlait et lui qui écoutait, disant ce qu'il eût voulu taire, écoutant ce qu'il n'eût pas voulu entendre, cédant à cette puissance mystérieuse qui lui disait : pense ! comme elle disait il y a deux mille ans à un autre condamné : marche ! […]

Il continua de se questionner. Il se demanda sévèrement ce qu'il avait entendu par ceci : « Mon but est atteint ! » Il se déclara que sa vie avait un but en effet. Mais quel but ? cacher

Note

1. Jean Valjean a été condamné pour vol et emprisonné dix-neuf ans dans un bagne.

son nom ? tromper la police ? Était-ce pour une chose si petite qu'il avait fait tout ce qu'il avait fait ? Est-ce qu'il n'avait pas un autre but, qui était le grand, qui était le vrai ? Sauver, non sa personne, mais son âme. Redevenir honnête et bon. Être un juste ! est-ce que ce n'était pas là surtout, là uniquement, ce qu'il avait toujours voulu, ce que l'évêque lui avait ordonné ? – Fermer la porte à son passé ? Mais il ne la fermait pas, grand Dieu ! il la rouvrait en faisant une action infâme[1] ! mais il redevenait un voleur, et le plus odieux des voleurs ! il volait à un autre son existence, sa vie, sa paix, sa place au soleil ! il devenait un assassin ! il tuait, il tuait moralement un misérable homme, il lui infligeait cette affreuse mort vivante, cette mort à ciel ouvert, qu'on appelle le bagne ! Au contraire, se livrer, sauver cet homme frappé d'une si lugubre[2] erreur, reprendre son nom, redevenir par devoir le forçat Jean Valjean, c'était là vraiment achever sa résurrection, et fermer à jamais l'enfer d'où il sortait ! […] Il fallait donc aller à Arras, délivrer le faux Jean Valjean, dénoncer le véritable ! Hélas ! c'était là le plus grand des sacrifices, la plus poignante des victoires, le dernier pas à franchir mais il le fallait. Douloureuse destinée ! il n'entrerait dans la sainteté aux yeux de Dieu que s'il rentrait dans l'infamie aux yeux des hommes !

– Eh bien, dit-il, prenons ce parti ! faisons notre devoir ! sauvons cet homme !

Victor Hugo, *Les Misérables*, Première partie, VII, 3, 1862.

Questions sur le texte 3

A. Quelle est la double identité de celui qui dit « *je* » dans ce texte ?

B. Quelle(s) valeur(s) chacune de ces 2 identités défend-elle ?

C. Dans un premier temps, quelle est la valeur qui triomphe ? Qu'en est-il à la fin du texte ?

Notes

1. **infâme** : honteuse, répugnante.

2. **lugubre** : qui exprime le deuil, la mort.

4) Jean Anouilh, *Antigone*

Comme d'autres auteurs du XXe siècle, Jean Anouilh a réécrit un mythe de l'Antiquité. Polynice et Étéocle, frères d'Antigone et Ismène, se sont entretués, après le suicide de leur mère (Jocaste) et l'exil de leur père (Œdipe), pour exercer le pouvoir à Thèbes. Le roi Créon décide de faire enterrer seulement Étéocle et de condamner à mort quiconque oserait faire la même chose pour Polynice, qu'il estime être un traître. Mais Antigone ne peut pas supporter cette injustice.

ISMÈNE. Tu sais, j'ai bien pensé, Antigone.

ANTIGONE. Oui.

ISMÈNE. J'ai bien pensé toute la nuit. Tu es folle.

ANTIGONE. Oui.

ISMÈNE. Nous ne pouvons pas.

ANTIGONE, *après un silence, de sa petite voix*. Pourquoi ?

ISMÈNE. Il nous ferait mourir.

ANTIGONE. Bien sûr. À chacun son rôle. Lui, il doit nous faire mourir, et nous, nous devons aller enterrer notre frère. C'est comme ça que ç'a été distribué. Qu'est-ce que tu veux que nous y fassions ?

ISMÈNE. Je ne veux pas mourir.

ANTIGONE, *doucement*. Moi aussi, j'aurais bien voulu ne pas mourir.

ISMÈNE. Écoute, j'ai bien réfléchi toute la nuit. Je suis l'aînée. Je réfléchis plus que toi. Toi, c'est ce qui te passe par la tête tout de suite, et tant pis si c'est une bêtise. Moi, je suis plus pondérée[1]. Je réfléchis.

ANTIGONE. Il y a des fois où il ne faut pas trop réfléchir.

ISMÈNE. Si, Antigone. D'abord c'est horrible, bien sûr, et j'ai pitié moi aussi de mon frère, mais je comprends un peu notre oncle.

Note

1. **pondérée :** modérée et qui fait preuve de calme.

ANTIGONE. Moi, je ne veux pas comprendre un peu.

ISMÈNE. Il est le roi, il faut qu'il donne l'exemple.

ANTIGONE. Moi, je ne suis pas le roi. Il ne faut pas que je donne l'exemple, moi… Ce qui lui passe par la tête, la petite Antigone, la sale bête, l'entêtée, la mauvaise, et puis on la met dans un coin ou dans un trou. Et c'est bien fait pour elle. Elle n'avait qu'à ne pas désobéir.

ISMÈNE. Allez ! Allez !… Tes sourcils joints, ton regard droit devant toi et te voilà lancée sans écouter personne. Écoute-moi. J'ai raison plus souvent que toi.

ANTIGONE. Je ne veux pas avoir raison.

ISMÈNE. Essaie de comprendre au moins !

ANTIGONE. Comprendre… Vous n'avez que ce mot-là dans la bouche, tous, depuis que je suis toute petite. Il fallait comprendre qu'on ne peut pas toucher à l'eau, à la belle et fuyante eau froide parce que cela mouille les dalles, à la terre parce que cela tache les robes. Il fallait comprendre qu'on ne doit pas manger tout à la fois, donner tout ce qu'on a dans ses poches au mendiant qu'on rencontre, courir, courir dans le vent jusqu'à ce qu'on tombe par terre, et boire quand on a chaud, et se baigner quand il est trop tôt ou trop tard, mais pas juste quand on en a envie ! Comprendre. Toujours comprendre. Moi, je ne veux pas comprendre. Je comprendrai quand je serai vieille. *(Elle achève doucement.)* Si je deviens vieille. Pas maintenant.

ISMÈNE. Il est plus fort que nous, Antigone. Il est le roi. Et ils pensent tous comme lui dans la ville. Ils sont des milliers et des milliers autour de nous, grouillant dans toutes les rues de Thèbes.

ANTIGONE. Je ne t'écoute pas.

ISMÈNE. Ils nous hueront. Ils nous prendront avec leurs mille bras, leurs mille visages et leur unique regard. Ils nous cracheront à la figure. Et il faudra avancer dans leur haine sur la charrette avec leur odeur et leurs rires jusqu'au supplice. Et là, il y aura les gardes avec leurs têtes d'imbéciles, congestionnés[1] sur leurs cols raides, leurs grosses mains lavées, leur regard de bœuf – qu'on sent qu'on pourra toujours crier, essayer de leur faire comprendre, qu'ils vont comme des nègres[2] et qu'ils feront tout ce qu'on leur a dit scrupuleusement, sans savoir si c'est bien ou mal… Et souffrir ? Il faudra souffrir, sentir que la douleur monte, qu'elle est arrivée au point où l'on ne peut plus la supporter ; qu'il faudrait qu'elle s'arrête, mais qu'elle continue pourtant et monte encore, comme une voix aiguë… Oh ! je ne peux pas, je ne peux pas…

Jean Anouilh, *Antigone*, éditions de la Table ronde, 1946.

Questions sur le texte 4

A. Que veut faire Antigone ? Quelle sera sa sanction, précisément décrite par Ismène ?

B. Quelles sont les valeurs défendues par Antigone, d'une part, et par Ismène, d'autre part ?

C. Quelle valeur défend Créon ? Dans la suite du texte, quelles seront, à votre avis, les conséquences de ce conflit de valeurs ?

Notes

1. **congestionnés** : gonflés par excès de sang.

2. **nègres** : ici, au sens d'« esclaves ».

6 Lecture d'images et histoire des Arts

1 *Le Cid*, mise en scène de Brigitte Jaques-Wajeman, 2006

Document 1

Photographie d'une représentation du *Cid* à la Comédie-Française, en 2006, avec, de gauche à droite, Jean-Baptiste Malartre (le roi), Audrey Bonnet (Chimène) et Jacques Bourgaux (Don Arias).

Brigitte Jaques-Wajeman est née en 1946. Femme de théâtre complète, elle est comédienne et metteur en scène. Elle a également été directrice de théâtre et professeur d'art dramatique. Elle a mis en scène une cinquantaine d'œuvres pour les théâtres les plus prestigieux, dont plusieurs pièces de Corneille.

La photographie est extraite de la scène 8 de l'acte II, où Chimène se jette aux pieds du roi et vient lui demander justice après la mort de son père au cours du duel avec Rodrigue.

Questions sur le document 1

A. Quels sont les 2 personnages mis en évidence ? Justifiez votre réponse.

B. Que demande la jeune femme ?

C. Quels émotions ou sentiments les attitudes des personnages expriment-elles ?

D. Montrez que la photographie, par ses lignes et ses couleurs, est composée comme un tableau.

2) *Le Cid*, mise en scène de Thomas Le Douarec, 2009

Document 2

Photographie d'une représentation du *Cid* au théâtre Comedia, en 2009, avec, de gauche à droite, Clio Van de Walle (Chimène) et Olivier Bénard (Don Rodrigue).

Thomas Le Douarec est né en 1970. Il est à la fois comédien, metteur en scène et scénariste. Il a mis en scène un grand nombre de pièces très différentes.
La photographie est extraite de la scène 4 de l'acte III dont Thomas Le Douarec a supprimé certains personnages pour recentrer l'action sur le couple formé par Rodrigue et Chimène. Il a également réinterprété la pièce en y ajoutant des danseurs et des chanteurs qui introduisent le flamenco. Ce genre musical traditionnel venu d'Andalousie (Espagne), qui mêle danse et chant, lui permet de souligner à la fois la couleur locale de l'intrigue et la musicalité des vers de Corneille.

Questions sur le document 2

A. Observez le décor. Quelle culture est, ici, évoquée ? Pourquoi ?

B. À quels vers peut correspondre l'attitude des 2 personnages ?

C. Comment et pourquoi l'épée est-elle mise en valeur ?

D. Quels éléments (costumes, attitudes) suggèrent la sensualité des personnages ?

7 Et par ailleurs...

Le Cid de Corneille, par sa dimension universelle et le succès qui en découle, a inspiré de multiples reprises qui ne se limitent pas au théâtre. Vous pouvez compléter votre étude de bien des manières.

SUR LA TOILE

Le site de l'INA (www.ina.fr) propose de nombreuses archives qui présentent une grande variété de mises en scène du *Cid*. Cela peut être utile pour comparer les costumes, par exemple.

La version intégrale du *Cid* par la compagnie Colette Roumanoff, en 2016, est disponible sur Daily motion : www.dailymotion.com/video/x3xy09n.

VERSION AMÉRICAINE

Vous pouvez regarder, en DVD, le film *Le Cid* d'Anthony Mann, avec Charlton Heston dans le rôle de Rodrigue et Sophia Loren dans celui de Chimène. Ce film date de 1961 et n'est pas une version filmée du texte de Corneille. En revanche, le scénario garde le personnage du Cid, qui est surtout envisagé dans ses exploits guerriers contre les Mores.

THÉÂTRE FILMÉ

On trouve aussi en DVD la captation de la mise en scène du *Cid* par Thomas Le Douarec, en 2009 (dont nous avons reproduit une photographie au verso de la couverture). C'est une version audacieuse qui ne se soucie pas des bienséances et prend quelques libertés en faisant jouer, sur scène, des musiciens de flamenco et en y ajoutant de la danse. Mais ce choix est justifié par les aspects baroques de la pièce et le fait qu'elle se déroule à Séville, en Espagne.

ÉCOUTER

Plusieurs versions audio de la pièce sont disponibles sur Youtube, dont celle-ci : www.youtube.com/watch?v=DkipApuvl0M. Écouter tout en suivant sur le livre peut être une aide précieuse pour les élèves qui éprouvent encore des difficultés à lire des textes classiques.

PORTRAIT

AU MUSÉE

En Seine-Maritime, 2 musées sont consacrés à Pierre Corneille.
Sa maison natale (4 rue de la Pie, à Rouen) montre une reconstitution du cabinet de travail du poète et une belle bibliothèque.
Sa maison de campagne, à Petit-Couronne, propose un jardin du XVIIe siècle.
Ces visites sont gratuites, et des documents pédagogiques d'accompagnement sont téléchargeables. Pour plus de renseignements : musees-rouen-normandie.fr.

VERSION « BULLES »

LE CID EN BD

L'éditeur Petit à Petit propose le texte intégral du *Cid* de Corneille en bande dessinée, avec des dessins de Romain Mennetrier (2016). Le texte est accompagné d'un complément pédagogique. Une autre manière de découvrir ce classique.
De même, Antonio Hernandez Palacios a publié, aux éditions du Long Bec, sa version du *Cid*. La bande dessinée est accompagnée d'un dossier sur la *Reconquista* espagnole. Les 2 derniers albums de cette saga, publiée dans son intégralité, sont complètement inédits. Les dessins sont magnifiques.

MUSIQUE, MAESTRO !

Vous pouvez écouter et regarder en intégralité, sur Youtube, l'opéra de Jules Massenet joué pour la 1re fois en 1885 et inspiré de la pièce de Corneille : www.youtube.com/watch?v=c3FFCb55qbo. Ici, le rôle du Cid est interprété par le célèbre ténor Roberto Alagna.
Une autre version de cet opéra est également disponible en CD.

CONSEILS de LECTURE

- Une autre pièce qui met en scène 2 jeunes héros empêchés de s'aimer par leurs familles ennemies : *Roméo et Juliette* (1597) de William Shakespeare (disponible dans la collection « Bibliocollège », n° 71).
- Pour mieux connaître le personnage historique du Cid Campeador qui a inspiré Corneille, un livre très accessible : Monique Baile, *La Véritable histoire du Cid*, Albin Michel, 1987.

Dans la même collection

Dans la même collection (suite et fin)